蜡笔王国

十二月之旅

〔日〕福永令三 著

〔日〕三木由记子 绘

李讴琳 译

人民文学出版社

PEOPLE'S LITERATURE PUBLISHING HOUSE

著作权合同登记号　图字 01－2023－1723

KUREYON OUKOKU NO JYUUNIKAGETSU

图书在版编目(CIP)数据

十二月之旅/(日)福永令三著；(日)三木由记子
绘；李讴琳译. —北京：人民文学出版社，2024
　(蜡笔王国)
　ISBN 978-7-02-018385-2

　Ⅰ.①十… Ⅱ.①福… ②三… ③李… Ⅲ.①童话-
作品集-日本-现代 Ⅳ.①I313.88

中国国家版本馆 CIP 数据核字(2023)第 227195 号

责任编辑　李　娜　杨　芹
封面设计　李苗苗

出版发行　人民文学出版社
社　　址　北京市朝内大街 166 号
邮政编码　100705

印　　制　杭州钱江彩色印务有限公司
经　　销　全国新华书店等

字　　数　101 千字
开　　本　787 毫米×1092 毫米　1/32
印　　张　7.875
版　　次　2024 年 1 月北京第 1 版
印　　次　2024 年 1 月第 1 次印刷

书　　号　978-7-02-018385-2
定　　价　42.00 元

如有印装质量问题，请与本社图书销售中心调换。电话：010－65233595

目 录

1.
不可思议的除夕夜

"咝——咝——咝——"

优花在被窝里睡得又香又甜。

明天就是新年了。优花想画下元旦的日出，所以在枕头边放好了新的十二色蜡笔和写生簿。

"咝——咝——咝——"

忽然，沉睡中的平稳鼻息停下了。优花迷迷糊糊地睁开眼睛。

因为，枕头边好像有很多小东西在动，让她感到很古怪。

优花翻了个身。她的心无缘无故地怦怦直跳，仿佛将会有什么不可思议的事情发生。她以前相信圣诞老人的时候，在平安夜里就是这样的心情。

已经到新年了吗？还是说，现在仍然是除夕？

优花会看时钟了，所以她想看看现在是几点。如果过了十二点，也就是说到了新年的话，可以对自己说声"新年快乐"，然后高高兴兴地继续睡觉。如果还没到十二点，除夕的钟声就还没有响起，附近没睡的人还有很多，也就什么都不用怕了。

优花伸出手去摸枕边的台灯开关。

这时候，她发现了一件奇怪的事。明明没有开灯，却有朦朦胧胧的光亮。

房间里，飘荡着雾霭一般的微弱光亮。

啊！优花瞪大了眼睛。

放在枕边的十二色新蜡笔的盒子竟然打开了，里面空空如也，一支蜡笔都没有。

这时，她听见微弱的脚步声，就像小虫子在榻榻米上爬。

优花朝脚步声的方向望去，眼前的景象让她大吃一惊——十二支细长的蜡笔像时钟上的数字一样围成圆圈，似乎正在开会。

蜡笔们穿着各自颜色的衣服、鞋子，戴着尖顶帽，头发的颜色也各不相同。

而且，优花仔细一看，发现圆圈正中央坐着一只很像蜥蜴的古怪动物。那是一只穿着十二色竖条纹的外套和十二色横条纹的裤子、戴着近视眼镜的变色龙。

蜡笔们正全神贯注地听变色龙讲话。

优花也竖起了耳朵。

于是，像树叶摩擦似的沙沙声渐渐变成了清晰的说话声，她能听懂了。

"大事不好了！"变色龙用苍老而严肃的声音对十二支蜡笔说。

"我希望你们冷静地听我说，好吗？十个小时之前，我们的黄金大王突然离开家，不知上哪里去了。

也就是说，他离家出走了。"

蜡笔们大吃一惊，有的整个身体弹了起来，有的猛然倒地。

"大家都很清楚，如果没有大王，我们蜡笔王国会变成什么样。大王就是太阳，就是光芒。假如失去大王，我们会逐渐失去颜色，也就是说，世界会像黑白照片那样只剩下形状和阴影。无论是红苹果、绿叶子，还是蓝色天空，都将不再有颜色。要是那样的话，蜡笔王国就会变成恶魔之国！人类也会灭绝。地球也将死亡。如果我们不能在一年内把大王带回来，那种可怕的事情就会发生。

"所以，我作为首相，已经请求白银王妃立刻出门寻找大王。

"也就是说，大王出走了，王妃为了把大王找回来，将要踏上旅途。这将是漫长而困难重重的旅途。这是因为，黄金大王给王妃留言说，只要王妃不改掉十二个坏习惯，他就绝对不回家。"

优花终于明白了，这是蜡笔王国在召开内阁会议。变色龙是首相，十二色的蜡笔是各位大臣。

变色龙双手展开大王离家出走时留下的信，就像宣读奖状似的念道：

"白银啊，在你改掉十二个坏习惯，成为配得上王妃称号的女性之前，我绝对不回来！

"这十二个缺点是：一、东西乱扔乱放；二、睡懒觉；三、说谎话；四、骄傲自大；五、贪心；六、偏食；七、固执倔强；八、喜怒无常；九、吝啬；十、推卸责任；十一、疑神疑鬼；十二、化妆要花三小时。"

每当变色龙朗读一个坏习惯，优花都会打个寒战。这是因为，王妃的每一个坏习惯她都很熟悉——说的完全就是优花自己嘛。

变色龙伸出长舌头舔舔自己的嘴唇，接着说："从这番话看来，大王的决心相当坚定。要找到大王很难，把找到的大王带回来更是难上加难。

"因此，我作为首相，想求助于诸君治理的十二月之城。请求大家齐心协力，在旅途中保护王妃，助她早日找到大王。如果有谁把大王藏起来，我将严惩不贷!

"还有一件事，我们需要寻找一位随从，在漫长的旅途中保护王妃，在王妃无聊的时候陪她说话解闷，在她心情反复无常的时候坚持鼓励她。只有智慧与勇气兼备、做事有恒心和决心的人才能胜任。你们有合适的人选吗?"

"这个嘛……"十二位大臣有的歪着脑袋，有的挽着胳膊，还有的手抵额头，全都陷入了沉思。

从这番话听来，白银王妃好像是个相当任性、难以相处的人。

白色蜡笔叹着气说:"大王出走也是情有可原啊。别提王妃把东西放得有多乱了!"

黄色蜡笔说:"毕竟王妃从来没有在中午以前起过床啊。"

粉色蜡笔说："而且还爱撒谎。"

草绿色蜡笔说："我最受不了她那种骄傲自大的样子。"

黑色蜡笔说："而且她还是个什么都想要的人。"

肉色蜡笔说："除了点心，其他东西她一口都不吃呢。"

绿色蜡笔说："还有固执倔强的坏脾气。"

蓝色蜡笔说："前一刻还哈哈大笑，下一秒就勃然大怒。"

浅蓝色蜡笔说："吝啬到这种程度简直就是稀罕的国宝了！"

红色蜡笔说："做错事都怪在别人身上。"

茶色蜡笔说："而且总是疑神疑鬼。"

最后，灰色蜡笔说："那些缺点都还有可爱之处，你们应该看看，等王妃打扮三个小时的大王有多可怜！"

男人真爱挑女人毛病，看来，无论人类还是蜡笔都一个样。

优花不由得"扑哧"一声偷偷笑起来。

蜡笔们大吃一惊，呆若木鸡地愣在原地。

优花坐起身说："你们说王妃这么多坏话，不要紧吗？"

就在这个时候，院子里的防雨门板轻轻打开，一道光芒射进来，犹如银色的清冷月光。随着这道光突然变得明亮，一位美丽的女子出现在大家眼前。她头戴银冠，银色的长发低垂，身穿银狐外套，脚蹬银色高跟鞋，手里拎着银色手提箱。

她漂亮得连被她凝视都令人心惊。

"谢谢你，优花，我就是白银王妃。"她用银铃般的声音说道，"无论是各位大臣还是大王，都一点儿也不了解我呢。"

优花回过头来一看，榻榻米上的蜡笔们眼下全都跪在地上向王妃行礼。

"优花，我决定带你一起去。你听见他们说的了吧？我无论如何都必须在一年内把大王带回来。变色龙首相，你在箱子里放好十二件衣服了吗？"

"放好了。"变色龙俯首回答。

"快把这位姑娘的也放好，快！"

"是，是。"

蜡笔们蹦起来跑到院子里去了。不一会儿，他们就各自捧着裙子和鞋帽回来了。红色蜡笔捧着红色的，白色蜡笔捧着白色的，黑色蜡笔捧着黑色的，以此类推，他们把十二套裙子、鞋帽堆在了优花面前。

"这样一来就万事俱备了。优花，我们走吧！请你拎着那个箱子。"

优花不由自主地提起了银箱子，她这才发现，箱子的重量竟然比小鸡的一根羽毛还轻。

"蜡笔王国的十二色蜡笔治理着十二个月之城。我们的旅程首先从一月的白色之城开始。因此我们要穿白色的裙子。否则，无论我们怎么敲打一月的雪白大门，它都不会为我们开启。来，穿上吧。"

白银王妃脱下银狐外套，换上白貂外套。接着把帽子换成白色，鞋子也变成白色的了。

优花换上了同样颜色的装束。

王妃说："我是姐姐，你是妹妹，记住哦。我叫你优花，你叫我玛丽姐姐，这样就没人知道我是王妃了。还有，我们要找的黄金大王个子高挑，潇洒帅气。你记住，金色的头发、金色的眼睛和金色的指甲是他的标志。"

"那么各位，王妃要出发了！"

优花就像被人施了魔法，跟在王妃身后来到了院子里。

不知何时，外面已经细雪纷飞，两匹白色的骏马立在漂亮的雪橇前。白银王妃和优花坐上了雪橇。

"一路平安，白银殿下！"

"期盼您早日归来。"

变色龙首相和十二位蜡笔大臣来到雪花飞舞的院子里，不断挥舞纤细的胳膊，目送二人踏上旅程。

2.
堆雪人大赛

"呜——"远处似乎传来汽笛声，又像是北风吹来雪花的声音。

这是天地一片白茫茫的夜晚，雪橇犹如离弦之箭在雪原上飞驰。

很快，东方的天空露出了鱼肚白。

"啊，我看见雪白门了。"白银王妃说。

优花看见一望无垠的原野中伫立着一座冰门。

"那就是一月之城的起点呢。"白银王妃告诉她之后，说，"我俩忘记说'新年好'了。"

优花这才反应过来，自己在雪橇上迎来了新的一年。

两个人立刻互道"新年好"。

雪橇不断前行，来到雪白门前。看门的斯皮兹狗试探似的，目不转睛地盯着她们俩，但是什么都没说。

优花抬头仰望，只见雪白门是一座雄伟的冰门，高约三十米。而且，门上处处装饰着精美的雕刻，有动物图案的，也有花朵和人物图案的。

雪下得比刚才小多了，此刻，优花听见从天空飘落的雪孩子们在快乐地歌唱，好像是探戈舞曲的调子：

天空雪白

泥土雪白

寒冷是雪白的一月

让小兔子喝牛奶

给护士姐姐吃冰激凌

圆年糕和豆腐参加相扑比赛

加油！加油！

圆溜溜的气息

四方形的气息

雪白的气息

米饭在一旁扑哧笑

啊，白色，白色

雪白的一月

快乐的一月

两个人看见一块招牌，上面写着"天鹅旅馆"，于是停下雪橇走了进去。

"欢迎光临！"披着白色围巾的女店主大天鹅笑容可掬地迎接了她们，可是领她们进入的房间却乱七八糟，甚至比优花的玩具房还要凌乱。

"唉，先不管这个。"白银王妃皱着眉头说，"我们的肚子已经饿得咕咕叫了，赶快给我们做点儿松饼吧。"

"很遗憾呢，客人，"大天鹅摇晃着她的长脖子，"我们全家这就要去堆雪人了。如果想吃东西，你们自己去厨房做吧。"

"天哪！我实在受不了！"白银王妃喊道，"我们去其他宾馆吧。"

"随您便。"大天鹅不慌不忙地说，"谨慎起见，我得告诉您，这个镇上只有我们一家旅馆。"

"对不起，天鹅女士。"优花上前一步说道，"我来做松饼。我说，玛丽姐姐，我要是不在这里休息，就会冻死的。"

白银王妃这才消了气，决定在这家旅馆安顿下来。

大天鹅让五只天鹅扛上大铲子，出门堆雪人去了。

优花和白银王妃来到了厨房。这里同样乱七八糟的。

土豆滚落在地上，蔫巴巴的洋葱被扔在一旁。炸蔬菜剩下的油还盛在煎锅里，上面浮着一层灰。碗碟胡乱地堆在架子上。

"真是一家邋里邋遢的旅馆呀。"王妃不由得感叹道，"这么乱，找个小麦粉都很费劲呢。"

不过，她们总算在水槽底下找到了一个写着"小麦粉"的罐子。

优花把面粉倒在大碗里，添上水搅拌好，然后加上黄油和砂糖。她把火开大，把搅拌好的面粉倒进锅里。

王妃着急地说："优花，第一张松饼给我吧。"

"不，玛丽姐姐，第一张谁吃必须'石头、剪刀、布'猜拳决定。"优花说道。

白银王妃猜拳赢了。

"太好了，太好了。"王妃凑近一看说，"熟了吗？好像没有膨胀呢。"

"因为没有发酵粉嘛。"优花不高兴地说。

白银王妃终于忍不住了，她伸手抓起了松饼。

"你别烫着了。"优花说。

王妃"呼、呼"地吹着，把松饼塞进了嘴里。可是她刚咬上一口，就哇哇大叫，捂着嘴巴扔掉了松饼。松饼"吧嗒"一声落在了地上。

"优花，这是什么呀？"王妃含着眼泪问，"把我的牙都硌坏了。"

“什么？那么硬？”优花捡起来一看，不知道为什么，松饼硬得就像块石头。

此时，恰好有一只天鹅回来了。他被眼前的景象逗得捧腹大笑，扑扇着翅膀，两只带蹼的大脚掌在地上"吧嗒吧嗒"直跺。

优花生气了："你真是幸灾乐祸呀。"

“谁见到这种情景能忍住不笑呀？”天鹅笑得喘不过气来了，说，“谁让您把白水泥当成面粉放进去了呢？”

白银王妃当成面粉的东西，其实是水泥。维修工修理漏水的水槽后，把剩余的水泥留下了，于是懒散的厨娘就把它装进了面粉罐里。

白银王妃捂着疼痛的牙齿，懊恼不已地说："优花，你听见了吧？这家旅馆居然让客人吃水泥松饼，自己倒是都去堆雪人玩了！"

“不是的，我们绝对不是在玩。”天鹅严肃地说，“其实，我们是在举行堆雪人比赛。最后一个融化的雪人，其制作者可以获得花式蛋糕做奖品。要说那个蛋糕有多棒，两位客人还是亲眼去看看吧，就摆在大街的十字路口呢。"

他一边说话，一边打开几个口袋和罐子，伸出手指挨个沾点儿里面的东西尝尝，终于找来了真正的面粉。

优花和王妃一边煎松饼一边吃。等到肚子完全填饱，王妃说："优花，我们去看看那个花式蛋糕吧。"

两个人来到大街上，看见到处都是镇上的居民，正三五成群、全神贯注地堆雪人。

"原来如此，活动很盛大呀。"

尤其是白熊理发店的雪人，光是身子就比一般的房子大呢。

猴子一家正爬上梯子，不断地往上堆雪。

十字路口的正中央，安放着一个犹如温室的大玻璃箱子，箱子里摆放着一个诱人的花式蛋糕。它的面积有小公园那么大，比看守它的巡警还要高一倍多。

"哇!"王妃出神地看着它,感叹道。

诱人的颜色,绝妙的光泽,雪白的鲜奶油上,点缀着宛如宝石的鲜红草莓,看上去就像躲藏在雪野里的小矮人精灵。

"优花,我们也来堆雪人,好吗?"

"可是,我们根本赢不了呀。"优花想起了刚才见到的白熊理发店堆的雪人,高大得犹如彪形大汉。只有今天一个晚上的时间,无论两个人怎么齐心协力,恐怕最多也只能堆到邮筒的高度。

"动脑子,动脑子。"白银王妃拍拍自己的脑袋说,"不是大就能赢,要不融化、留下来的才能赢。明白吗?是这个意思。我们来做个不融化的雪人吧。"

"不融化的雪人?"

"是的。我们把雪和食盐混在一起吧。"王妃胸有成竹地说。

于是优花和王妃拉着雪橇去了食品店。

"您需要什么?"出来接待她们的是一根白头发。

"我要十公斤盐——不，三十公斤。"白银王妃说。

白头发大吃一惊，把所有的店员都召集过来。然后，好几百根白头发拿着小铲子去了仓库，把堆积如山的盐铲进了纸袋。

白头发们纤瘦苗条，干一点点活儿就东倒西歪，因而工作进展相当慢。

到了日落时分，三十公斤的盐才总算包装完毕。

王妃和优花来到冷清的原野，四下无人，她们用盐堆了一个"雪人"。

接着，她们回到大街上，把"雪人"放在白熊理发店和天鹅旅馆的雪人之间，再飞快地给盐雪人浑身上下覆盖上一层厚厚的雪。

第二天，天气晴朗，艳阳高照。排列在白色大街上的十几个雪人圆溜溜的脑袋瓜上开始冒热气，一点儿一点儿地逐渐融化。

很快，有的雪人眼珠子掉了，有的嘴巴歪了。

到了第三天，小家鼠堆的雪人已经消失了。兔子堆的雪人脑袋已经掉了。

第七天，第十天，第十五天……渐渐地，雪人们越来越难看，越来越小。

可是，优花她们的"雪人"没有多大的变化，一开始只有白熊家的四分之一大，然后成了它的三分之一、二分之一……不知何时，已经和白熊家的差不多大了。

"真奇怪啊。"来来往往的居民百思不得其解，总是盯着这个"雪人"看。每当这时，王妃就跑来跑去地解释："这是我们把雪压得实实的才堆出来的。"

过了二十天，雪人只剩下优花她们的和白熊家的了。

后来有一天晚上，天气突然暖和起来，白熊的雪人急剧缩小，而优花她们的仍然一点儿变化都没有。毕竟剩下的只有盐，只要不下大雨，它就不会继续融化。

二十五天，二十七天，二十九天，白熊的雪人变成了岩石模样，接着又成了坐垫。

"很顺利呀。"王妃看看优花，嘴角露出满意的微笑。

可是，第三十一天早晨，当她们俩像往常一样去看"雪人"的时候，却目瞪口呆。

这是怎么回事呀？一夜之间，她们的"雪人"消失得无影无踪。虽然，白熊的雪人已经完全融化了，但是依然残留着一小块脏兮兮的雪。

一定是有谁搞破坏。

优花忽然在原来"雪人"的地方蹲下来。因为有某种小东西正在那里活动。

她捏起来一看，原来是蚂蚁。而且，不远处的地上还有一个细小的孔，那是蚂蚁窝的入口。

蚂蚁们正忙忙碌碌地往窝里搬运东西呢。

"勤劳的小家伙，"王妃说，"在这个时节，你们应该睡觉的。"

"食物的香味太浓，实在是睡不着。"蚂蚁首领在围裙上擦着手说，"白糖山就堆在我们家门口，我们还能无所作为吗？从昨天晚上开始就熬夜搬运了。"

"你说这是白糖？"王妃大叫起来，看着优花。

她们这才明白了"雪人"一夜之间消失的秘密。

两个人都愁眉苦脸。她们做的"雪人"，原来是白糖雪人。她们以为是食盐，结果是白糖。

白头发食品店犯了一个无法挽回的错误。

"臭白头发老头，看我不痛骂他一顿！"

两个人飞快赶到白头发食品店。

白头发老板挠挠脑袋瓜说："真是抱歉啊。"然后他思前想后，开始拨算盘珠子，说："这样的话，我得再收你们七千日元。因为白糖的价钱是食盐的五倍呢。"

结果，优花和王妃花了大价钱给蚂蚁买了白糖。面对这种悲惨结局，两个人无精打采地回到了旅馆。

"我一点儿也不喜欢这个城，"王妃怒气冲冲地说，"这么邋遢、乱七八糟，我一天也不想再待下去了！"

这时候，她们听见门的低处传来微弱的"咚、咚"敲门声，还有声音在喊："救命，救命！"

开门一瞧，原来是蚂蚁首领。

首领的肚子胀大得快要裂开了，他气喘吁吁地说："太难受了，快给我药！"

往常的一月，蚂蚁们还在睡觉，可现在他们大快朵颐，吃了一肚子白糖，把身体搞坏了。

白银王妃觉得他们很可怜，于是打开银箱子，拿出了里面的一个药箱。但是，不爱收拾的王妃把各种药品胡乱地塞在里面，什么三角形的粉剂包、圆形和方形的药片、注射用的安瓿（bù）①、涂抹的外用药，还有各种水剂药，全都乱七八糟地混在一起，哪种药是治什么病的，就连装药的王妃本人都搞不清楚了。

"可能这个是治肚子的药。"王妃说道，就像在鼓励自己。她递给蚂蚁首领一个小药瓶。

---

① 一种专门盛装注射用药的玻璃容器。

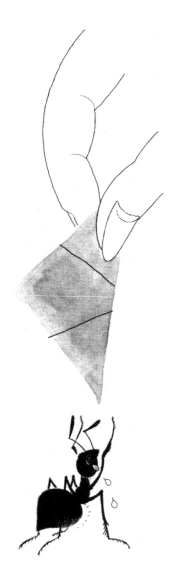

"这个药的效果很强，加十倍的水稀释后再服用。这些足够一百万只蚂蚁用了。赶快让大家服下吧。"

"谢谢，谢谢。"蚂蚁首领高兴得热泪盈眶，飞奔而归。

傍晚时分，天鹅脸色苍白地冲进来喊道："大事不好啦！你们赶紧跑！旅馆被蚂蚁和白蚁包围了！"

"你说什么？"优花大吃一惊。

"蚂蚁让我们把您二位交出去，否则就把整个旅馆吃掉。"

"你说什么？蚂蚁？忘恩负义的东西！"白银王妃大发雷霆，把脑袋探出窗外一看。

天哪！蚂蚁们召集了大黑蚂蚁、白蚁、切叶蚁等所有伙伴，密密麻麻地包围了旅馆。好几百万个小家伙齐声叫嚷："杀了银发女！"

他们身穿铠甲，手持长枪，还有的举着标语牌，上面画着在痛苦中死去的蚂蚁，还配着可怕的文字："杀掉下毒的罪犯！"

优花在忧心忡忡、脸色苍白的王妃耳边轻声说："该不会是搞错药了吧？"

"我也这么想。"王妃郁闷地说，"我一定是错把DDT^①给他了。"

伴随着"嗖，嗖"两声，两支利箭穿透窗户纸飞了进来。

大黑蚂蚁率领一支联队开始向窗口爬上来，白蚁率领的联队则开始破坏旅馆的大门。

"我们除了逃跑，还有别的办法吗？"

---

① 一种杀虫剂。

优花默默地摇摇头。

"看来优花的智慧也就和我一样的水平啊。"王妃边喊边下楼，准备逃跑。她都来不及把马拴上雪橇，就跳上马背飞奔而逃。

优花也跳上剩下的另一匹马，追赶王妃而去。

两匹马在白蚁大军的海洋中不断地拼命飞奔，直到天亮时分才终于脱离险境。

"好了，好了。"白银王妃声音嘶哑地说，"我们真是吃了个大苦头。不过，这下我明白了，黄金大王的意见里有那么一条还是有道理的。我这乱扔乱放东西的习惯，的确是个坏毛病啊。"

3.
月球旅行

在黎明时分的淡黄色雾霭中，一座快要倒塌的中式大门出现在眼前。

"那是大黄门！"白银王妃说，"那是用黄油建造的大门。接下来，我们就要进入二月之城了，先换上黄色外套吧。"

"你们的马不能进入！白马是属于一月的。"一个嘶哑的声音在大门上方喊道。原来是腌萝卜奶奶。

两个人只好留下白马，步行穿过了大黄门。

黄油大门到处破破烂烂，千疮百孔，似乎一直被腌萝卜奶奶偷吃。

话说优花和王妃虽然穿过了大门，但四周仍是黄色的荒原，她们不得不继续走了整整三天。

第四天下午，两个人终于来到了一条宽阔的大路上。她们看见一群黄色的蝴蝶花女生一个挨一个地站着，就像地上冒出了一排蘑菇。

那里是公交车站。蝴蝶花们大概是等车等累了，正在齐声合唱小夜曲。

北风吹来

淡淡的柠檬香

太阳神沉睡不醒

他的鼻息犹如小鸡般微弱

黄色，黄色

黄色如同温柔的泉水

汩汩涌出

蒲公英小子，酣然入梦

金丝雀妈妈，昏昏欲睡

笼子里的狮子安静得如同猫咪

蛋包饭热腾腾地冒着蒸气

北风已经吹来柠檬香

听见了春天悄悄走近的脚步声

"公交车会来吗？"优花问道。

"不知道，"女生打着哈欠回答，"我们总是睡过头，赶不上车。"

"公交车一天只有一班……"另一个女生说，"我们从三天前就开始在这里等公交车了。"

"一边吃蜂蜜一边等。"一个调皮的女孩子补充道，"公交车司机是个过分的家伙。他都经过这里三次了，可是一回也不愿意叫醒我们。我们简直连学校都不想去了。因为呀，书包里只装了课程表上三天前的课程的书。"

"优花，你听见了吧？"白银王妃精疲力竭地坐下来，无精打采地说，"我们和这些不慌不忙、漫不经心的女生一起等公交车吧。我不愿意继续走路了。你看看我的脚。"

王妃说着脱下了她的黄色高跟鞋，把脚底露出来给优花看。那里已经打出了大大小小数不清的水泡。

"玛丽姐姐，我也一样呢。"优花也把鞋子脱了。优花的脚底也布满了水泡。

"到底谁的水泡多，我们来数一数吧。"于是两个人开始数起对方的水泡来。

一个女生打断她们，叫道："请问，今天是立春的前一天吧？"

"是的，是的，是撒豆子的日子呢①！"

---

① 日本有在立春的前一天撒豆子的习俗，大家会一边撒豆子一边说"把鬼赶到外面，把福留在家里"。

"哟，你们要感谢神灵！"说完，蝴蝶花女生们"哇"地欢呼起来，围住王妃和优花，把她们推倒在地，竞相吃起她们脚底的水泡来。

"好痒，好痒！哈哈哈……"王妃和优花都挣扎着想要逃跑，可是一会儿工夫，她们脚上的水泡就被消灭得干干净净了。

因此恢复了体力的两个人，不愿意和快活的女生们分别，于是当晚和她们一起聊天，用扑克牌占卜，唱歌，天亮时分才睡着。

"滴——滴——滴——"

不知从哪里传来了汽车的喇叭声音。

"哎呀……"优花忽然醒了。一辆鸡蛋黄色的公交车正停在眼前。

"哎呀，等等！"优花高喊着，拉起白银王妃的手，不由分说地把她拽上了公交车。

很快，她们进入了黄色大楼鳞次栉比的大城市。

"下一站是月球火箭站。"公交车乘务员黄鹊鸰用婉转动听的声音播报。

因为被强行叫醒，王妃一直怒气冲冲，直到听见这话，心情才略微好转。

"她说的是月球火箭站呢。这座城和一月之城不一样，好像发展得很好呢。"她对优花说。

两个人在一家大宾馆住下来。

今夜寒冷却美丽。一轮满月升上天空，皎洁的月光照耀着奇特的二月之城。水泥铺就的人行道散发着说不清是金色还是银色的光泽，夜幕下楼房的墙壁是白色的，玻璃窗因为光的反射，看上去湿漉漉的。

"大王会在哪里呢？"白银王妃眺望着月亮，自言自语，"说不定大王去月球了呢。你看，今晚的月亮仿佛在对我说话。这个光芒可不一般呢。那一定是黄金大王的光芒。优花，我们也乘坐火箭去月球吧。"

王妃立刻咨询了月球火箭的情况，了解到月球火箭月光号今年还有最后一次发射计划，就在明天。

"俗话说得好，择日不如撞日。"王妃请优花买好了两张登月票。

很快，身着黄色立领制服的香蕉服务生带着身穿同样制服的闹钟爷爷走了进来。

她们把登月票交给香蕉服务生后，只听他说："火箭的发射时间是上午九点，这位闹钟爷爷会负责叫醒你们。"

这天晚上，白银王妃仍然看电视看到凌晨两点。优花也因此没睡着。

终于钻进被窝时，优花对架子上的闹钟爷爷说："请务必八点叫醒我们。"

"好的。不过，您选择哪种方式呢？有二等、一等和特等。"

"二等是怎样的？"

"连续不停地响五分钟。"

"那一等呢？"

"我走到您的耳边，连续响五分钟。"

"特等呢？"

"我一边在您的耳边响，一边用两根针到处扎，直到您醒来。"

"那就麻烦您用特等吧。"优花说完这话便放心大胆地睡过去了。

第二天早晨，闹钟爷爷在耳边大吼大叫，优花一下子从床上蹦了起来。可是白银王妃捂着耳朵，仍裹着被子蒙头大睡。于是闹钟爷爷开始用针一个劲儿地扎她。

"住手！哎呀！疼！疼！"白银王妃裹着被子像只鼹鼠似的来回躲藏，最后从床上掉下来，顶着一头乱蓬蓬的银发站起身，说："优花，你是要让我疯掉吗？而且，我们还要付给这个老头子特殊服务费呢！"

"做错事的既不是我也不是闹钟爷爷。错就错在玛丽姐姐睡懒觉！"优花说道。

两个人终于赶到月球火箭站。因为时间紧张，所以她们立刻乘电梯来到大火箭里。

邻座的豹子商人很直爽，喜欢聊天搭讪，他立刻扬着胡须来和两人打招呼。

"我有个怪癖哦，就是对稀罕的东西很着迷。就说现在吧，我也带着个有趣玩意呢。不知道你们愿不愿意买。"他说着，从座位底下掏出一个汽水瓶来。瓶子里聚集着一团雾蒙蒙的黄色气体。

"这是什么？"王妃好奇地问。

"这家伙又睡着了。"豹子说着，用尖锐的指甲敲打瓶子。瓶子里的东西似乎吓了一跳，发出一道强光。火箭里一瞬间就被黄色的光笼罩，大家都大吃一惊，呆若木鸡。

"哈哈哈哈。"豹子笑了，"这是闪电的孩子。我可是费了好大的劲儿才把他抓住的呢。"

"快放我出去！"瓶子里的闪电小子嗓音尖锐地喊道。

"你抓那种东西做什么用？"王妃问。

"没什么用。"豹子回答，"如果可以，我倒想请教你们呢。我只是觉得或许有人愿意买他。"

"能用他来做什么呢?"

"他可比手电筒亮多了! 而且你看, 还不需要电池。"

"有道理, 卖给我吧。"白银王妃说完, 付了两枚银币。

"叔叔去月球上做什么?"优花问。

"去工作呀——我要去找宝石, 我是个珠宝商。"豹子说, "月球上一定有非常美丽的猫眼石矿山, 否则不可能发出那么美丽的光芒。"

"恕我失礼,"白银王妃说, "要是在学校, 你一定会挨老师批评。月亮可不是因为猫眼石才发光的。月亮上有一位高贵的大王, 他才是光源呢。"

"请原谅我相当失礼了,"坐在后面的喇叭大学生声音洪亮地对她说, "如果在学校, 你也会挨老师批评的。月亮发光, 既不是因为有宝石, 也不是因为什么大王的光芒。月亮发光, 是因为它反射了太阳光。"

这时候, 月光号发出巨响, 开始震动, 很快就穿越长空起飞了。

无聊的宇宙飞行持续了整整三天，到了第四天，火箭终于在月球平坦的原野上着陆了。

麦克风里传来了声音："返回地球的火箭将在二十八日正午出发。如果错过这次发射，今年都不再有班次了。网架上有帐篷、食品，请自由享受月球生活。"

于是，乘客们各自选取了需要的东西，迈步走出了火箭。

这里是一望无际的昏暗世界，到处都是黄色的岩石和沙粒。

绵延不断的高耸山峰犹如一柄柄利剑，山峰之间是深不可测的凹陷峡谷。

周围寒冷刺骨，黑色的透明天空群星闪耀，比从地球上看要美丽得多。

两个人飞离的地球，犹如淡蓝色的圆盘悬挂在太空低处。它就像挂在那里的一幅画，纹丝不动。

豹子珠宝商去寻找猫眼石了，喇叭大学生为了写论文，开始用鹤嘴锄凿岩石。

白银王妃和优花当然是为了寻找黄金大王才来的，但是她们立刻明白，正如大学生所言，大王并不在月球上。

可是，不管怎么说，能来一趟月球王国，对优花来说是一件天大的好事。爸爸妈妈无论如何也想象不到，优花眼下竟然在月球上漫步。

两个人四处游荡。终于到了返回地球的前一天。

优花登上了从未来过的岩石，突然用奇怪的声音喊起来："玛丽姐姐！快来！"

白银王妃赶来一看，发现岩石之间竟然宛如裂开的石榴，布满了璀璨夺目的黄色猫眼石颗粒。

"哇！太棒了。"两个人开始不顾一切地捡拾猫眼石。

很快，她们所有的衣兜都塞满了猫眼石。

"我去拿个大口袋来。"王妃说着返回了帐篷。

然后，两个人仍然捡个不停。

"我要用猫眼石镶嵌兽头瓦，放在城楼顶上。"

"我要给妈妈做项链和戒指。"优花说。

她们太高兴了，高兴得忘记了时间。

第二天正午，月球火箭月光号出发的铃声响了。乘客们一个接一个地返回。大学生喇叭活力十足地跑回来了。他找到了充足的材料，足以完成一篇可获得博士学位的大论文。

最后，闷闷不乐的豹子也回来了。他一件好事也没遇上。

铃声停了。

"哎呀，那两个女孩子还没回来呢。"豹子说，"宇航员先生，请等一等。"

豹子飞也似的跑到优花她们的帐篷里。优花和白银王妃昨天疲惫不堪，因此睡得很沉。

"喂，火箭要出发了！"豹子摇摇白银王妃。

"吵死了！"还在做梦的白银王妃叫道。

"那么，火箭飞走了也不要紧吗？"

"走开！走开！"白银王妃拉起被子蒙住了脑袋。

"你这个女人，真拿你没办法。"豹子嘟哝道。这时候，他忽然发现床底下有一个大口袋，里面似乎有什么东西在闪耀。

"咦？"豹子打开了口袋。他不禁心满意足地笑起来。他不再叫优花她们起来，而是扛着口袋，和来的时候完全相反，蹑手蹑脚，悄无声息地离开了帐篷。

豹子一溜烟跑回火箭，气喘吁吁地说："那两位彻底爱上了月球，说要在这里住下，让我们走，不用管她们。"

于是，火箭喷射着红色火焰，朝着黑色的天空出发了。

爆破声惊醒了优花。

当优花冲出帐篷，看到的竟是飞向蓝色地球、越来越远的月光号。

"糟啦！"优花拍醒王妃。

王妃也大吃一惊冲出帐篷。两个人并肩站在冰冷的岩石上，茫然无措地目送今年内都不会返回的火箭变成一颗流星，接着又变成一个小点点。

优花啜泣起来。白银王妃抚摸着优花的脑袋，她也是感慨万千，一句话也说不出来。

最后，两个人筋疲力尽，步履蹒跚地回到帐篷。

在这一片荒芜的广阔世界里，拥有生命的唯有她们两个人。

除了她们，连一只虫子、一根苔藓都没有，也别指望接下来还会有谁到访此地。

两个人必须相依为命地活下去。

白银王妃呻吟道："我现在才明白，睡懒觉有多不好！可是已经晚了。"

白银王妃哭了起来。

"爸爸，妈妈。"优花也哭个不停。

哭着哭着，优花听见耳朵里的"爸爸，妈妈"变成了奇特的双重声音。

优花停止了哭泣。于是，她清晰地听见，那个不属于自己的声音还在哭："爸爸，妈妈。"

声音是从放在帐篷角落的银箱子里传来的。

"我知道了。"白银王妃说，"我们把闪电小子给忘了。那是闪电的孩子在箱子里哭泣呢。"

的确如此。她们打开箱子一看，从豹子手里买来的闪电的孩子，正在汽水瓶里闪闪发光地啜泣。

"我们把他放走吧。"优花呆呆地说。

"是啊，我们不需要他。我们什么都不需要了。"

白银王妃拧开了汽水瓶盖。闪电小子就像一条蛇，从细小的瓶口"哧溜哧溜"钻出来。

"再见，谢谢你们！"闪电小子一瞬间就消失在地球那一方。

"这样一来，真的就只剩下我们两个人了。"

当天夜里，两个人哭得筋疲力尽，相互依偎着打起了盹。突然，四周亮如白昼，巨大的光束笼罩了两人的帐篷。

"优花，我是闪电小子的爸爸，你们救了我的孩子，作为谢礼，我来救你们了。"闪电说着降落在月球上，刺眼的光芒照射着广袤的原野。

"来吧，坐到我的背上来。"

两个人欢天喜地，牢牢地抓住闪电的脖子。

眼前忽然闪过一道强光，两个人失去了知觉。

当她们恢复意识，发现明晃晃的太阳挂在湛蓝的天空，空气柔和芬芳，而身体就像躺在云朵铺就的床上。

优花想看得更清楚点儿，便伸长脖子四下张望，原来两个人身下躺着的不是云朵床，而是桃花。

白银王妃说："如果这里是桃园，那我们就来到三月之城了。"

于是两个人换上洋溢着春色的粉色衣服，攀着桃树枝，小心翼翼地下了地。

4.
真樱花

那一天，两个人翻过一座缓坡后，一望无垠的粉色便跃入眼帘。

"哇！"优花和王妃异口同声地叫了起来。

那是紫云英花田。

无穷无尽的紫云英花田，给广袤无垠的大地铺满了粉色地毯。

天空是淡蓝色的。天地相交的地方春霞朦胧，与紫云英的浅粉色融为一体。

她们已经听见食蚜蝇拍动着透明翅膀擦肩飞过的

声音。

"太美啦！"优花向着花田飞奔而去。

王妃超过了她。

优花又追上了王妃。

两个人就这样你追我赶，不一会儿就累得上气不接下气，双双躺倒在紫云英花丛中，尽情地舒展四肢。

优花趴在地上，把脸埋在紫云英花朵里。

王妃把花朵当作枕头，仰面朝天。

紫云英们温柔地包裹着两个人，一簇簇花朵犹如一盏盏小巧的雪洞灯，仿佛在告诉她们："欢迎你们的到来，这里可是个好地方哟。"

忽然，优花在粉色花朵的底部发现了一个闪闪发光的东西。她捡起来一看，是一小块月牙形状的黄金。

"是黄金！"优花吃惊地说。

白银王妃一把抢过去，眼睛一亮："优花，这是黄金大王的指甲。绝对没错。来，我们再找找。大王一定在这里像我们一样休息过，还剪了指甲。"

于是，两个人就像东闻闻、西嗅嗅的小狗，在紫云英花朵根部一棵一棵地寻找。

两个人呼出的气息弄痒了花朵们，她们"啊呀啊呀"地喧闹起来。

"啊，这里也有。"优花说。

"我太高兴了，我们很快就能见到大王了。来吧，优花，打起精神，出发！"

两个人再一次迈步前进。紫云英花田绵延不绝。

王妃问食蚜蝇："花田有多大呀？"

"我哪里知道呀。"食蚜蝇舔着胡须上的蜂蜜，快活地说道，"我在这里出生，在这里长大，还会在这里死去。我的老爸、爷爷，还有太爷爷都是这样的。这片紫云英花田对于我们来说等同于地球，从未离开过。而且，你们最好别想这种事，没有比这里还好的地方了。"

两个人日复一日地漫步在紫云英花田中，时而想要飞翔，时而想要跳舞，好像背上长出了翅膀，感觉很奇怪，仿佛内心躁动不安。

"我望着天空走。"王妃说，"那样还能静下心来。"

两个人仰望着天空向前走。

有一天傍晚，优花看见阴沉沉的天边轻飘飘地飞来一团棉花似的东西。

猛烈的西风一个劲儿地刮着，轻飘飘的东西来到了优花她们头顶上。

那是粉色薄纸叠成的几十只纸仙鹤。

被这狂风折磨了这么久，纸鹤们早已奄奄一息，有的撕裂了翅膀，有的折断了脖子。

"你们去哪里？"两人问道。然而纸鹤们没有回答。或许他们没有听见两人的声音，即使听见了，也没有回答的力气。

纸鹤们以体形最大的队长为中心，全心全意拼命飞翔。

飞着飞着，他们筋疲力尽，一只接一只地在优花她们眼前落入紫云英花田。

白银王妃捡起其中一只死去的纸鹤，发现纸鹤身上散发着芬芳。

"这是粉色的香草纸呢。"优花说道。

"香草纸"是优花发明的词语。那是一种柔软的上等草纸，用香水浸透，让它散发出甜香。从幼儿园开始，优花就撒娇耍赖，非用这种香草纸不可。

纸鹤们就是用粉色的香草纸叠成的。

奄奄一息的纸鹤们是从哪里飞来的呢？又要飞向何处呢？

两个人每见到一只纸鹤都捡起来，然而纸鹤们全都死了。

第二天早晨，优花在路上发现了倒地的纸鹤队长。

纸鹤队长只剩一只翅膀了，喙也撕裂了。

但是，快死去的纸鹤在优花温暖的掌心里睁开了细小的眼睛。

"红鹤……一会儿就到……请告诉他们……"队长痛苦地说，"去问……蛞蝓……鱼……"讲到这里，纸

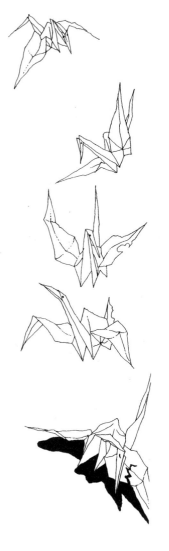

鹤闭上了他的眼睛。

"让一会儿来的红鹤去问蛞蝓鱼，对吗？"王妃确认道。纸鹤队长似乎放下心来，露出微笑，咽下了最后一口气。

片刻之后，北方的天空传来拍打翅膀的声音，那是一支大型的红鹤编队。

由好几百只红鹤组成的大军飞到两人头顶上空，他们纷纷问道：

"纸鹤怎么了？"

"他们去哪里了？"

"全都死了吗？"

他们吵吵嚷嚷，粗鲁喧嚣的振翅声和波浪般起伏的粉色天空让王妃大动肝火。

"啊，我快要疯了！"王妃用手捂住耳朵喊叫道，"紫云英花田上简直就像多了一片天空！我们就像三明治，不，就像三明治里的猪肉火腿，太难受了。"

这时，领头的红鹤迅速下降，其他红鹤见此情形，犹如旋涡一般开始在优花的头上一圈圈地盘旋。

不一会儿，领头的红鹤缓缓地降落在两个人面前。他腰悬佩刀，胸前佩戴着很多闪闪发光的勋章，是一位红鹤大帅。

"你们看见纸鹤了吗？"红鹤大帅问道，"我们一直跟着他们，但是跟丢了。"

"纸鹤全都死了。"优花告诉他。

"全军覆没？"大帅大吃一惊，然后他悲伤地仰望天空，对部下说："纸鹤全军覆没了。"

红鹤们一听，有的哭泣，有的哀号，整支军队陷入了极其混乱的状态。

"哦，对了，对了，"白银王妃想起来，说道，"对了，对了，最后一只纸鹤让我转告你，去问蛞蝓鱼。"

"什么？蛞蝓鱼？"红鹤大帅手舞足蹈地喊起来："蛞蝓鱼……要找蛞蝓鱼。"

然后他转身问两人："蛞蝓鱼在哪儿呢？"

"我们哪里能知道呀！"王妃生气地叫道，"我们也是刚到这里。别说这个了，你先管管你的那些部下。唉！嘎嘎嘎的吵死了，我脑袋都发疼。"

于是，红鹤大帅下达了"着陆"的命令，红鹤士兵们降落在紫云英花田中，排成八个纵队。

"稍息！"大帅发号施令，接着告诉优花她们，为何自己会来到这里。

红鹤王国距离此处非常遥远，远得无法用语言来描述。

"要像那样越过三座大海呢。"大帅回首北方的天空说道。

在红鹤的王国，一种十分奇怪的疾病正在流行。

刚开始是一个劲儿打喷嚏、发低烧，两天之后退烧，然后就没有一处不舒服了。可是，四五天之后将会发生可怕的事情。生病的人会变成一个彻头彻尾的撒谎精。例如，路上有人问路，他看看表，心里想的是十二点十几分，可是嘴里已经给出了不同的答案："现在是三点零五分四十秒。"

红鹤医学界宣布，这是真性撒谎菌导致的撒谎病，但是现在还没有能够彻底消灭撒谎菌的药物。在此期间，撒谎菌不断传播，眼下整个国家接近一半的人都患上了撒谎病。

大王唯一的公主也得了撒谎病。可是，医生说："不用担心，这不是撒谎病，只是感冒而已。"

因为这位医生也患上了撒谎病。

因此，现在已经搞不清任何情况了。报纸上刊登着假新闻，天气预报谎话连篇，打来的电话信口雌黄，红鹤王国已经陷入了混乱。

在一个月光皎洁的夜晚，大王注视着得了撒谎病的公主沉睡的面孔，正暗自垂泪，忽然听见公主的桌子里传来低声细语："如果我们有力量，就能够拯救这个国家。"

大王诧异地拉开桌子的抽屉问："刚才是谁在说话？"

"是我，大王。"那是一张对折的香草纸。

香草纸说："大王，只有一种药可以治好撒谎病。在遥远南方的世界尽头，有一个蜡笔王国，只有那里的真樱花的花瓣可以治好这个病。"

"你知道那个国家？"大王高兴地问。

"是的。可是，我们动不了。"

于是大王想到一个主意，把香草纸折成仙鹤。很快，国王贴出告示，收集了全国上下所有的香草纸，制作了好几百万只纸鹤。这是因为，在找寻真樱花的漫长旅途中，会遇到大风、雷电、秃鹫的袭击，经历千辛万苦。他们祈祷着，哪怕只有一只纸鹤能平安到达就好。然后，在这些纸鹤的指引下，红鹤军队的一个师团为了运送真樱花，不远千里越过三座大海飞到了这里。

纸鹤队长留下遗言，让他们去问蛏蝓鱼，或许是指蛏蝓鱼知道真樱花树位于何处。但是，蛏蝓鱼是什么样的鱼，别说红鹤不知道，就连优花和王妃也从未听过，从未见过。

两个人和红鹤大帅成了朋友，决定一起出发。王妃不允许红鹤士兵在天空飞翔，整支军队跟在两人身后悠闲地向前走。

在广阔的紫云英花田尽头，终于出现一座圆形山丘，就像一个倒扣着的蓝色研磨钵。

在山丘前方有一座公园，公园里，五六十棵樱花树正竞相绽放。

樱花树的树枝上，停着许多灰色小鸟。小鸟们用翅膀打着拍子，正在唱有趣的民谣小调。

哎——哎——咦——

开花爷爷的便当是

樱花虾、咸梅干和加吉鱼

哎——那是啊

粉色，粉色，粉色

哎——哎——咦——

浦岛太郎的礼物是

烟雾缭绕樱花蛤

哎——那是啊

粉色，粉色，粉色

哎——哎——咦——

金龟子的金库里是

珊瑚、锦缎和粉色宝石

哎——那是啊

粉色，粉色，粉色

哎——哎——咦——

蜜蜂玛雅的花之旅是

玫瑰、银莲花和猫儿菊

哎——那是啊

粉色，粉色，粉色

"喂，我说，我说，"红鹤大帅招呼拉三弦琴的灰色小鸟道，"你们认识蛞蝓鱼吗？"

"认识呀。"小鸟用清脆悦耳的声音说，"我和他呀，是特别好的朋友。你去西边的大海吧。但是，你不能叫他什么蛞蝓鱼哟。那个强壮的家伙，可讨厌别人这么叫他了。他真正的名字是剑吻鲨。'蛞蝓鱼'是他的绰号，意思是说，即使那么大个头的鲨鱼，也像蛞蝓一样温柔呢。"

"那么小鸟先生，"白银王妃问，"你见没见过一个金色头发、金色眼睛的人呢？"

"哦，那个人呀，昨天翻过这座山，去东边的大海了。东边的大海里有一座岩石小岛。他去那里捡贝壳了。海岸边有两艘船，但是，无论如何都不能坐那艘新船。因为看上去新的那艘船，实际上是用泥巴做的玩具。"

"谢谢你这么热心。"

王妃和优花与要前往西边大海的红鹤告别了，她们翻过一座圆溜溜的山丘，来到了东边的海岸。

的确有一座小岛。如同小鸟所说，还有两艘小船。一艘是刚刚刷完漆的，另一艘已经开始腐朽。

两个人把旧船推到海中，开始划桨。前进了很长一段距离后，优花觉得屁股怪凉的。

"糟了！进水了！"

离小岛还有五百米。优花摘下帽子，把进入船舱的海水舀出去。

王妃拼命划桨，优花两只手不停地舀水，可是水渗得越来越快，小船开始下沉了。

"优花，我们游过去！"

两个人跳进大海。她们朝着黑色的小岛游过去。她们好几次险些溺水，吞了好几口咸涩的海水，但最后终于到达了净是岩石的小岛。

她俩就像被海水冲上岸的圆木头，筋疲力尽地酣睡了一会儿。等终于养好了精神，她们打算看看岛上的情况，于是顺着岩石向上爬。

西面有白色沙滩。

两个人在那里坐下来。身体湿漉漉的，一阵风吹来，冰冷刺骨，她们背靠背地坐在一起。

这时候，浅红色的招潮蟹从脚边的小洞里钻出来。

"你们到这里来干什么呀？赶快回去吧。一到晚上，潮水上涨，这座岛就全都淹没在大海里了。"

"什么！"王妃吃惊地大叫起来，"我们问了灰色的小鸟……"

还没等她把话说完，招潮蟹喊道："撒谎精！他们又在骗人。他们是爱说谎的鸟儿。"

"啊？"王妃和优花面面相觑，懊恼不已。就在这时，海面就像一个有生命的东西，渐渐地越来越高。

"总之，你们找蛞蝓鱼帮帮忙吧。"

"哎呀！蚝蝓鱼在这里吗？"优花问。

可是，无论优花和王妃怎么寻找，眼前都只有白色的沙滩。

"哈哈哈，"螃蟹笑了，"你们把眼睛睁大点儿，仔细看看脚边。"

"啊，这就是蚝蝓鱼？"优花惊诧地叫道。

白色沙粒中，有一个长约五厘米的细长东西，同样发白且略带淡淡的桃红色，正枕着一只寄居蟹在睡觉。

仔细一看，原来这里躺着成千上万个这样的东西呢。

那是一种没有眼睛、蛆虫一般的奇怪生物，根本就不像是一条鱼。而且，她们以为的波浪声，一半都是这种鱼"咕咕""哒哒"的鼾声。

"这就是蚝蝓鱼呀。"螃蟹说，"白天他们就像这样睡觉，等到晚上潮水上涨，他们就一起晃晃悠悠地游起来。他们是帮好心眼的家伙，也许会愿意给你们当筏子呢。"

很快，太阳西沉，随着天色渐暗，海面越来越高。当白色沙滩变得狭窄时，蛞蝓鱼伸个小懒腰，爬起来做广播体操了。然后，好几万条蛞蝓鱼聚集起来，变成筏子把两个人载起来，漂浮在夜晚的海面上。

"蛞蝓鱼，谢谢你们。我们还以为你们是鲨鱼呢。"白银王妃说，"剑吻鲨不是你们的真名吗?"

一听这话，蛞蝓鱼们既害怕又愤怒，由于情绪太激动，翻腾起伏得差点儿让两个人掉下海。

"胡说八道! 剑吻鲨就是海里的匪徒、嗜血成性的可怕恶魔。那家伙连鲸的小宝宝都吃呢。"

"太可怕了。"优花叫起来。

两个人对蛞蝓鱼讲述了红鹤的故事。

"真可怜啊，红鹤们遇到剑吻鲨一定会遭殃的。"蛞蝓鱼说。

"真樱花就在你们遇见灰色小鸟的那个樱花公园里，从右数起的第三棵小树。那些灰色的小鸟天生就爱撒谎，这里的城民把那些小鸟叫作'假话'。假话们看守着真樱花的花瓣，不让别人拿走。"

蛣蝓鱼游得实在是慢，因此等两个人来到岸边时，朝阳都已经升起来了。

两个人决定立刻越过山丘，返回那座樱花公园。

当她们翻越山顶的时候，看见溃不成军的红鹤们从天空中逃回来了。

有的鸟儿断了腿，有的鸟儿鲜血淋漓，头上缠着绷带的大帅也在其中。

"红鹤先生！"优花大喊道，"我们和你们，都被灰色小鸟骗了。不过，我们已经知道真樱花在哪里了。是公园里从右边数起的第三棵小樱花树。"

声音传到天空中，大帅迅速改变方向，发出指令："返回！已经知道真樱花在哪里了，大家立刻整队。"

于是，红鹤们立刻收起逃跑的翅膀，降落在地上，开始整队点兵。

"太可怕了。"大帅沮丧地说，"剑吻鲨让我们失去了两百九十五名战士。"

很快，优花二人和红鹤就来到了之前的公园。

灰色小鸟们仍然唱着"粉色，粉色，粉色"的民谣。

优花找到了真樱花。那确实是一棵小树，最多只有一米高，但是整棵树都花团锦簇。

"快，摘下那棵小樱花树的花瓣！"红鹤大帅朗声喊道。

一听这话，灰色小鸟——假话们纷纷喊道：

"糟啦！"

"真樱花的秘密暴露了！"

"不许碰花瓣！"

他们连忙聚到一起，摇晃着真樱花树，试图把花瓣抖落下来，和其他樱花的花瓣混在一起，让红鹤们无法分辨。

无数的花瓣同时飘然落下，在风中飞舞。

"啊！"

"哎呀！"

灰色小鸟们轻声叫起来，用翅膀捂住了喉咙。

因为真樱花的花瓣紧紧地贴在了假话们的喉咙上，而且不可思议的是，无论如何都摘不下来了。

大家一瞧，那花瓣对于色彩淡雅的灰色小鸟来说，就像粉色的心形项链，看上去非常漂亮。可是鸟儿们似乎很难受，不顾一切地想把粘在喉咙上的花瓣摘下来，甚至在地上来回翻滚。

在这当口，红鹤们飞快地摘下了真樱花的花瓣。

优花也动手帮忙，可是片刻之后，她忽然发现王妃不见了。

"玛丽姐姐！"她一喊，便听见对面传来白银王妃的哭声：

"救命！"

她赶过去一看，发生什么事了呢？

原来白银王妃的鼻尖上，和小鸟们一样，紧紧地贴着一片真樱花的花瓣，王妃不顾一切地想把它扯

下来。

优花一扯，王妃疼得眼泪都掉下来了。

"啊，摘不下来，怎么都摘不下来！"

王妃绝望得揪起头发来。

突然，公园中央出现了一位身穿白袍的老人。

老人拄着拐杖，白髯（rán）飘飘，眉毛也是雪白的，一眼看上去就知道是一位仙人。

仙人一动不动地凝视着王妃的脸说："为了不让撒谎精给别人带来麻烦，所以我想了一个办法，把这种花瓣作为撒谎精的标志。因此，它绝对不会粘在不是撒谎精的人身上。"

"是的，我以前是撒谎精。"白银王妃哭喊着说，"现在，这是最让我后悔的一件事。请您帮我把花瓣摘下来吧。"

"嗯……"仙人极为怜悯地注视着王妃说，"我也非常想帮你摘下来呀。可是，我没有这种力量。拥有这种力量的，只有住在四月之城的青井青太。所以，你们赶紧去四月之城吧。你们要找的人，已经去那里了。"

话音刚落，老人就消失了。只剩下一块白色的路标竖立在那里，上面有箭头标识："左，四月之城。右，二月之城。"

于是优花和白银王妃迈开步子，朝着左边出发了。

5.
青井青太

既然白银王妃变成了现在这样一副怪模样，她就不得不尽快找到青井青太医生。

白银王妃心里祈祷着——但愿我遇到的第一个人就是青井青太，而且除了青井青太之外，不要遇到任何人，不要让任何人看见我这副奇怪的模样。

因此，当她们进了山，道路变得崎岖狭窄，左右都是黑乎乎的高大杉树、柏树的时候，优花害怕起来，王妃反而高兴得很。

脚下的泥土是红白相间的黏土，稍不留神就会

"扑通"一声摔个大跟头。

"玛丽姐姐，我们是不是迷路了呀？"优花问。

"只有我们是绝对不会迷路的。"王妃有些不耐烦地回答，"迷路，指的是想去某处，结果去到别的地方。我们本来就不知道该往哪里去，所以不会迷路。"

"真是个奇怪的理由呀。"优花佩服地说。话音未落，她一不小心脚下一滑，摔了个屁股蹲儿。

"哈哈哈。"王妃笑了。结果她也"哧溜"一下，一屁股滑倒在地上。

两个人躺在地上，不约而同地笑起来。然后王妃忽然止住笑，迅速伸手摸摸鼻子。她想，在这摔跤的当口，花瓣会不会也就掉了呢？可是，花瓣依然紧紧地粘在她的鼻头上。

很快，她们来到了山顶。那里竖着一块牌子，上面写着"四月岭，海拔一千零八十米"。两个人明白没有走错路，松了一口气。于是，她们从银色的提箱里取出草绿色的衣服换好。

她们沿着道路下陡坡，不知不觉中，谷底的溪流声越来越近。

两个人时而跨过危险的独木桥，时而抓住藤蔓向下跳。不一会儿，路变宽了，四周出现一片片美丽的赤杨树林，米粒大小的新芽遍布枝头。两个人来到了浅水潺潺的溪畔。

在阳光的照耀下，冰凉清澈的溪水犹如一条宽阔的衣带，波光粼粼地流淌着。

清泉被引入一小块水田里，田里的作物长着又大又圆的叶子，十分茂盛。

"玛丽姐姐，你知道那是什么吗？"优花得意地问，"那是芥末呀。我妈妈的老家也有芥末田。白色星星点点的就是芥末的花。"

阳光透过树叶的缝隙洒在芥末田上，犹如破碎的宝石熠熠生辉。

她们忽然听见有人说话，一家茶铺出现在眼前。

招牌上写着："好吃到掉下巴的青团"。

优花肚子饿了。可是，要劝说不愿意让任何人看见自己模样的王妃进茶铺，必须注意遣词造句。

"我说，玛丽姐姐，"优花道，"这里有好吃到掉下巴的青团哟。既然下巴都会掉，樱花的花瓣说不定也能呢，也许一吃就立刻掉了。"

"还真是呢。"王妃说着，鼓起勇气踏进了茶铺。

店里坐着一只涂着纯白香粉的黄莺，她面前摆放着一个盘子，里面叠放着八个青团。

黄莺看一眼王妃，"扑哧"一声笑了。

王妃怒火中烧，心想，一定要给黄莺点儿颜色瞧瞧，于是说道："我要十二个青团。"

茶铺的螳螂爷爷一听这话，大吃一惊，从架子上取下店里最大的盘子，叠放好十二个青团，放在优花和王妃之间。

"爷爷，是一人十二个哟。"王妃提醒道。

黄莺立刻不服输地用女高音叫道："爷爷，再给我来五个。这青团真是太好吃了。这么一算，我就吃了十三个。"

白银王妃和优花饥肠辘辘，而青团也就糯米丸子大小，所以吃完十二个也并不觉得肚子撑。

于是王妃说："再来六个。"声音大得故意让黄莺听见。

黄莺身子一哆嗦，看了她们一眼，下定决心喊道："好吃的东西，真是越吃越想吃呀。爷爷，再来六个。"

"能吃得下吗？"螳螂问。

"能吃得下，能吃得下。"

白银王妃一眨眼工夫吞下了六个青团，又喊道："再来六个！"

这时，她们听见"嗝，嗝"的奇怪声音。

一瞧，原来是黄莺翻着白眼开始打嗝了。

王妃哈哈哈地乐了，嘲笑道："你可要小心点儿。我听说，要是打嗝一连打上二十四个小时，是会没命的哦。"

"你说什么？嗝，没礼貌的女人！嗝……"黄莺的脸涨得通红，"你，嗝，你的鼻子，嗝，得什么病了？嗝，噗噜噗噜，嗝，难……难看的鼻子。"

听到这句话，王妃可坐不住了。她冷不丁抓起一个青团就朝黄莺扔了过去。青团砸在黄莺的胸脯上，她"啊"地叫了一声，就失去意识晕倒在地。

"糟啦！"螳螂爷爷叫起来，"快把她送到医院去！"

于是，优花把失去意识的黄莺揣进衣兜，和王妃一起离开了茶铺。

没走一会儿，又看见一家茶铺，门前竖着一面鲤鱼旗，上面写着"世界上最辣的酒糟腌芥末"。

"对呀，咬上一大口芥末，鼻子一呛，花瓣说不定就会掉了。"王妃说着走进了茶铺。里面有一条接近两米长的青蛇、十二只各自手里都拿着兔儿伞嫩叶的青蛙、四只暗绿绣眼鸟和三条草绿色的青虫，他们正品尝着酒糟腌芥末，喝着新茶。

他们围着一面草绿色的三角旗，上面有白色字样"百草座"。"来，再练习一次。"青蛇团长说完后，青蛙们围坐成一圈，挥动兔儿伞叶子打起拍子，大家把草叶做的笛子放在嘴边，开始演奏进行曲。四只绣眼鸟把翅膀相互搭在肩膀上齐声合唱。

四月，嫩叶在闪耀

世界，嫩叶在闪耀

四月，茁壮成长

世界，茁壮成长

四月，芬芳扑鼻

世界，芬芳扑鼻

四月，年轻人生机勃勃

世界，年轻人生机勃勃

四月，嗨哟嗨哟劳动

世界，嗨哟嗨哟劳动

啊，四月，这健壮的身躯

来吧，和草笛一起前进

声音洪亮的四月哟

来吧，前进

听着这支进行曲，白银王妃品尝着酒糟腌芥末，不停地流眼泪。可是，无论鼻子呛得多难受，真樱花的花瓣也稳稳不落。

"我一直在犹豫，不知是该把裤子加长，还是该把外套加长。"青蛇伸出他的红舌头说，"话说黄莺姑娘去哪儿了？"

"你们说的该不会是这只黄莺吧？"白银王妃从优花的衣兜里掏出失去知觉、软绵绵的黄莺。

"啊！"大家高呼起来。

"我们不知道哪里有医院，正愁着呢。"

青蛇团长连忙用藤蔓编织担架，四只绣眼鸟把担架叼在嘴里，向医院飞去。

目送他们离去之后，青蛇用可怕的眼神瞪着优花和王妃。

"我是百草座的团长柳屋青胜。你们听好了，就因为你们干的好事，我们百草座失去了首席女歌唱家小鸟凉子小姐。没有女歌唱家，我们就无法演出。因此，我现在要对你们两个进行测试，让唱得好的那一个代替黄莺。就算你们不愿意，也必须这样做，直到黄莺恢复健康，重返舞台。"

听到这话，讨厌蛇的王妃故意唱得很难听。

优花被选为了女歌唱家。

"然后，你这个鼻头奇奇怪怪的女人！"青蛇怒吼道，"你去把大家的东西搬来，跟着我们走，算是赎罪。"

两个人作为团员，上了等候在四月岭环山游览汽车道上的百草座大巴。

四月之城是百货公司、银行、剧院鳞次栉比的大城市。在萌发新芽的绿树环绕的公园里，美人鱼喷泉正冲着蓝天喷水。

到了晚上，霓虹闪烁，广告牌色彩斑斓，城民们精神十足地尽情玩乐，同时也勤奋地工作。

优花加入的柳屋青胜剧团在四月剧院开始了演出。

优花身穿透明的淡绿色长裙，脖子上戴着祖母绿项链，手捧铃兰花篮，合着青蛙乐团的草笛，咏唱《四月之歌》。她很快便深受好评，成了城里的明星。

优花两人的房间里堆满了素不相识的粉丝送来的鲜花和玩偶。

有一天，优花和王妃走在大路上的时候，众多手拿签名本的绣眼鸟包围了优花。

"糟了！不赶快回去就迟到了。"优花看看手表说，"玛丽姐姐，接下来就拜托你了。"

于是，王妃不得不挤开围成一圈请求签名的绣眼鸟，帮助优花逃走。

没能得到签名的绣眼鸟们生气地扔起了石头，其中一块砸中了王妃难看的鼻子。

优花到底有什么了不起呀！——王妃气鼓鼓地回来对团长说："你也给我找点儿事情做吧。我什么都能做，比优花强得多！"

"什么都能做？"青蛇确认道。

"是的，能呀！"

"那我给你考虑个角色吧。"青蛇说着，嘴里的卷烟喷出几个烟圈来。

一天，青蛇叫来王妃说："我为你定制了一个理想的角色，由你来演绝对会走红。你听好了，你站在舞台上，仰望天花板，然后绣眼鸟在你这个有特色的鼻子上叠放两列青豌豆。堆到三百粒后，我就'哧溜哧溜'地爬上去，站在青豌豆的顶端表演倒立。节目的名字就叫'东京塔'。这个点子不错吧？这可是只有你的鼻子才能做到的绝技哟。"

白银王妃生气地噘起了嘴巴，但是她别无选择。

他们立刻就开始练习了。

这是一件非常辛苦的事情。四只绣眼鸟要花长达二十分钟的时间才能把三百粒青豌豆叠放在王妃的鼻子上，其间王妃必须仰望天花板，连眉毛动一下都不行。

刚开始的时候，每次练完，王妃的脖子嘎吱作响，疼得动都动不了。

不过，半个月之后，她总算可以站上舞台表演了。

剧院前面摆放着画有东京塔的招牌，夹在报纸中间的柳屋青胜剧团宣传单上有一张照片，照片里的白银王妃双脚分开站立，鼻头上叠放着三百粒青豌豆，

青蛇倒立在豆子顶端。

节目大受欢迎，从第一天开始观众就掌声雷动。

王妃十分得意，对优花说："今天我收到了三百一十一封粉丝来信呢。寄给优花的只有两百封。"

"是吗？"优花很不甘心，"我刚开始的时候也收到四五百封呢。才三百封，你就这么骄傲自大，是不对的哟。"

另一天，王妃又说："今天有四百七十五封呢。优花，你觉得怎么样？"

优花气得一言不发。

过了十天，王妃完全掌

握了把戏的窍门。绣眼鸟也变得熟练，现在仅仅需要五分钟就可以叠放好三百粒青豌豆了。青蛇一眨眼工夫就能爬上豌豆塔，将两米长的身体稳稳倒立在顶端，犹如翠竹。

一天晚上，在舞台上，略微有点儿感冒的白银王妃总觉得鼻子很痒。每放上一粒青豌豆，她都险些打喷嚏。

她拼命地忍耐着。可是，就在青蛇完成倒立，观众掌声如雷的那一瞬间，她或许是松懈了，"阿嚏！"她打了个喷嚏。

三百粒青豌豆立刻四散落下，倒立的团长保持着棍子的姿势朝王妃的鼻头落下。

"傻……傻瓜！"团长喊叫起来的时候，他的嘴巴猛烈地撞击在王妃奇特的鼻子上。

"哈哈哈哈！"观众笑起来，工作人员连忙放下大幕。

"掉了！"王妃在放下幕布后摸了摸鼻子，手上的触感让她顿时眉开眼笑。

她跑到后台站在镜子前，高兴得不得了。

掉了！掉了！长时间苦苦折磨她的真樱花花瓣脱落了。她的相貌恢复了原状。没有留下任何疤痕，仿佛一秒钟之前的事情完全没有发生过一样。

"团长先生，你的真名叫什么？"王妃兴奋地问。

"真名？真名叫青井青太。"青蛇闷闷不乐地回答。然后，他忽然抬起头，吃惊地注视着王妃，因为王妃太美丽了。

青蛇有些害羞地说："你的技艺实在太差劲了。所以，我要取消东京塔这个节目。不过，我要娶你做妻子。"

白银王妃惊讶地差点儿摔倒在地。

青蛇的妻子，光是想想都受不了。

当天晚上，王妃确定团长睡下了，她决定逃跑。但是，直到她想要摇醒优花的时候，才后悔地想起了自己前一段时间的行为。

优花一定不愿意再跟来了，她一定会说："我再也受不了玛丽姐姐的骄傲自大了。想走的话，你自己一个人走吧。"

想到这里，王妃失去了触碰优花肩头的勇气。于是，她拎起银色提箱，在枕边留下了一张字条。

"我要逃离这里。对不起，优花，惹你生气了，都是我的错。"

王妃来到黑漆漆的大路上。她大概辨别了下方向，便朝着北方走去。

没过一会儿，她听见身后有脚步声追来。

"玛丽姐姐，等等！"

那是优花。

王妃高兴得跳起来，跑向优花。两个人拥抱在一起。

"我再也不骄傲自大了。"王妃掉下了眼泪。

"不是，是优花不应该得意扬扬。"优花也说道。

两个人心情愉快地和好如初，拦下一辆出租车说道："请把我们送到通往五月之城的火车站。"

6.
逃跑的鲤鱼旗

"呜——"响亮的汽笛声惊醒了优花。

天亮了。

她看看浅灰色的窗外，发现白色的烟雾正不断向后流动，沉重的车轮发出"轰隆，轰隆"的响声。

优花发现，自己乘坐的是蒸汽火车头。

昨天晚上，她们从四月之城逃出来的时候，乘坐的应该是一辆草绿色的漂亮电车，行驶时的声音"咔塔咔塔"，清脆明亮。

优花终于想起来。昨天半夜她们被叫醒过。那是在深山里的一座小车站，站名叫作脚底板站。

按照要求，她们在脚底板站从四月之城的草绿色电车换乘到了五月之城的黑色火车。当时优花和王妃都从手提箱里取出黑色毛衣套在了身上。

脚底板站之后的车站是脚脖子站，接着是长小腿站——优花好像就是从那里开始睡着的。

而现在，火车停靠的车站叫作肚脐眼站。

原来，五月之城的铁路从脚底板站开始，到头发站结束。而最热闹的枢纽中心是心脏站，两个人当然有到那里的车票。

从肚脐眼站到心脏站一定要不了多长时间。

优花晃醒王妃："玛丽姐姐，现在到肚脐眼站了。"

"肚脐眼？"白银王妃迷迷糊糊地问，把手放在自己的肚脐上面。她大概以为有跳蚤吧。

"快起来。外面已经是让人神清气爽的早晨了。快看，鲤鱼旗可漂亮了。"

车窗外，黑黝黝的水田已经整理就绪，只待插秧。

白墙仓库旁边，大个头的黑色鲤鱼旗和红色鲤鱼旗正迎风招展。山头的风车就像金陀螺一样，在晨风中"咕噜咕噜"一个劲儿转动，五色燕尾旗飘扬在柿子树的树梢上方。

白银王妃渐渐苏醒。

"那些鲤鱼旗应该就是心脏镇生产的。"

就在她自言自语的时候，乌鸦列车长来了，他把帽子戴端正，唠唠叨叨地说："我说，我说，下一个停靠的是心脏站！心脏站！这列火车是准快车，因此不会在胃的下面、胃的里面、胃的上面和心窝这几站停靠。另外，前往左手指甲、右手指甲方向的乘客，请在下一站心脏站分别换乘左手线和右手线。下一站是心脏站！心脏站！"

"列车长先生，"王妃叫住他，"心脏镇里有好的旅馆吗？"

"黑星旅馆不错哟。"乌鸦列车长回答，"老板是熊先生熊五郎，他以前是相扑选手，水平达到了前头①的第三名。因为他总是输，所以叫作黑星②旅馆。"

"原来他是个没有实力的相扑选手呀。"优花说。

"不是的，实际上他有强大的实力，但是仁慈宽厚，一到正式比赛就不忍心打败对手，所以总是故意认输。最后，他说自己的性格不适合相扑比赛，于是削去发髻引退了。结果，喜欢他的人就凑钱给他开了一家旅馆。他品德高尚，很有人情味呢。"

"那我们也住黑星旅馆吧。"白银王妃对优花说。

两个人在心脏站下了车一看，黑星旅馆就在车站前面，是一栋破旧的五层楼房。

一个看上去老实巴交的黑熊，穿着黑色的晨礼服站在前台。那就是老板熊五郎。

两个人被领到了五层顶楼的一个房间里。那个房间的旁边是一段狭窄的楼梯，可以通往屋顶。

住了两三天，两个人发现老板熊五郎常常顺着楼

---

① 前头，相扑的等级之一。
② 黑星，日语里有失败的意思。

梯爬到屋顶去。

有一天，两个人跟在老板身后来到了屋顶，看见屋顶上竖着一面鲤鱼旗，仿佛一条长达十米的巨大黑鲤鱼正在游动。

熊五郎十分疼爱这条鲤鱼，常来这里和他说话。

"鲤鱼太郎。"熊五郎叫道。

"爸爸，"鲤鱼旗应声道，"爸爸，我想吃炸猪排。"

"哦，没问题，没问题。"

"今天风真凉呀。"

"哦，没事，没事，你快把口罩戴上。"

就这样，鲤鱼旗无论说什么，熊五郎都听之任之。鲤鱼太郎变成了一个任性的儿子。熊五郎越是由着他，他就越高兴，就越想让熊五郎为他做更多的事情。

因为空中游弋着好几百面鲤鱼旗，所以屋顶上的风景十分美丽，赏心悦目。

燕子们是鲤鱼旗的好朋友。他们敏捷地钻过鲤鱼旗的肚子，玩着钻隧道、捉迷藏的游戏。

可是，唯有鲤鱼太郎，是连燕子都不愿意靠近的。

刚会飞的小燕子喊叫着："哇，这只鲤鱼好大呀！"正想要钻到他的嘴巴里，燕子哥哥见状，吓了一跳，阻拦道："那是只妖怪鲤鱼，快逃！快逃！"

恰好看到这一幕的优花问鲤鱼太郎："你是妖怪鲤鱼吗？"

"哼！"鲤鱼旗嗤之以鼻，"那些燕子小不点儿一钻进来，我就把尾巴拧起来，不放他们出去。"

"啊？你的心眼可真坏！"优花说，"我觉得像你这样受宠的鲤鱼旗，全世界找不出第二面。你应该对大家更好些。"

"嗬！你是说，我是个幸福的鲤鱼旗对吗？"鲤鱼太郎生气地喊道，把脊背直挺挺地横向撑起来，"我被绑在这根棍子顶端，哪来的幸福？你听清楚了，我有一个双筒望远镜，是值五千日元的真家伙哟。"鲤鱼太郎略显得意地接着说，"我用它瞧，就能看见火车正冒着烟在飞驰……德罕翠凤蝶在翩翩飞舞，人们在走路……大家都能动，没有绳索的束缚，自由自在。我也渴望自由。真希望有人能拿剪刀把这根绳子剪断啊。"

"那样的话，你就会掉下去，被载重八吨的大货车轧死。"优花说。

"呸，你这种说法骗不了我呢！我是能在天空中游弋的，和把银币扔进水里的情况不一样。你要是觉得我在骗你，你就把绳子剪了试试呗。"

就在这时，熊五郎上楼来送午餐，有鸡肉饭、布丁和咖啡。

"来，赶快吃。"

可是鲤鱼太郎根本不理睬他。

"你这副表情是怎么了？"

"他又在耍小性子。"优花告诉熊五郎。

"你这家伙真让我伤脑筋呀。你一点儿都不知足。你看看人家的鲤鱼旗……"

鲤鱼太郎一听这话，一个劲儿地甩尾巴，放声大哭："别人家的鲤鱼那么好，你去要一个不就行了？我……我……我受不了了。"

"你快别这么说。"熊五郎战战兢兢地说，"你想要什么，我都愿意为你做。"

"那么，"鲤鱼太郎想了想，很快说道，"那你用缝纫机把我的尾巴缝起来吧，那样就更像真正的鱼了。你要是不帮我，我就不吃鸡肉饭！"

"好吧，好吧，就这么定了。"熊五郎叹了口气，拉着绳子把鲤鱼旗放下来，用他粗壮的双手小心翼翼地叠好太郎，夹在腋下进了里屋。

没过一会儿，下方传来喊叫声。

"哎呀！老板！"

"逃……逃跑了！"

王妃和优花不知发生了什么事，打开门一看，鲤鱼旗太郎如同一条大蛇，沿着眼前的走廊迅速地爬动，逃窜过来。

"客人，快抓住他！"

毕竟那是一条长达十米的大鲤鱼，就在优花和王妃害怕的当口，太郎从她俩面前爬过，跳到窗户上，飞到了外面。

恰好刮来一阵猛烈的西风，鲤鱼太郎借着风势向上蹿，眼看越飞越高，犹如画里的鲤鱼跃龙门。

追赶而来的熊五郎声嘶力竭地不断叫喊："太郎！太郎！快回来！"

可是太郎根本不听。他终于消失无踪。

熊五郎的沮丧显而易见。那天晚上，他发起了三十九度的高烧，卧床不起。

第二天早晨的报纸上刊登了这样一则报道："小燕子黑子惨遭绑架？菖蒲町五号，黑尾走先生的长女黑子（两个月大）昨天傍晚在自家附近玩耍时失踪。"

读了这则报道，优花和王妃脸色阴沉地面面相觑。

"说不定……"优花沉思道。

"是啊。这件事，说不定就是……就是他干的呢。"白银王妃说。

第二天的报纸上终于登出了嫌疑犯的照片。

果然是鲤鱼太郎干的。照片上，鲤鱼太郎张开大嘴，正要吞下燕子。

"记者甲虫不顾生命危险拍摄的照片，暴露了怪物的真面目——一面黑色的鲤鱼旗。根据这张照片，嫌疑犯的身份已查明。他是黑星旅馆饲养的长达十米的鲤鱼旗，剪断绳子后逃出来的。这条鲤鱼被大家称为怪物鲤鱼，行为极其粗野，因此搜查总部命令全体警察，一旦发现就地击毙。"

读了这份报纸，熊五郎的高烧升到了五十二度，眼泪扑簌簌地落下来。

"可怜的太郎啊，都怪我把你宠坏了。我以为满足你所有的愿望会让你幸福，其实不是这样的。唉，还有什么办法能让你保命啊？"

"你别担心。"白银王妃安慰他说，"我和优花会在警察找到他之前，把他抓回来的。"

"嗯，我们一定能抓到他。"优花也说道。

可是，从那天开始，鲤鱼太郎没再出现在任何地方。

毕竟勇猛的黑雕巡警组成编队在空中巡逻，布下了滴水不漏的天罗地网。鲤鱼太郎已不敢轻率地跑出来。但是，他不在空中，会在哪里呢？

"在水里呀。"白银王妃说，"一定是躲进水池或者沼泽地里了。"

优花从书店买来了地图。两个人头挨着头，开始寻找湖泊和池塘的位置。

地图上有一个面积相当大的萤火虫池塘。它在镇子的偏远地带，是观赏萤火虫的知名景点。

"我们去看看吧。捉萤火虫也很有意思呀。"

两个人从百货公司买来了装萤火虫的笼子，然后驾驶旅馆的纯黑色厢式货车来到了萤火虫池塘。

那是一片宁静的沼泽，四周的小山丘上生长着许多松树。

池水绿而浑浊，完全看不出有多深。

这个午后，连岸边的芦苇叶都纹丝不动，时不时只听见几声"咻、咻"，那是鱼儿跳出水面的声音。

"咚咚，咚咚，咚咚咚，咚咚咚"——这声音在山中回响。

黑漆漆的大啄木鸟、熊啄木鸟穿着男士大礼服，正在高大的松树梢上敲鼓。

不知他们是难以相处的艺术家，还是在装模作样，啄木鸟们尽管看见了优花二人，却佯装不知。

优花朝水里望去，结果大吃一惊：

"玛丽姐姐，快看!"

那是蝌蚪。蝌蚪们正在跳舞，而且准确地合着啄木鸟的鼓点。

很快，他们唱起歌来。

蝌蚪学校里

规定穿黑校服

裁缝先生伤脑筋

裤子是个大问题

一条腿，两条腿，三条腿，四条腿

哎呀! 五条腿

啊呀呀! 怪物!

接着，蝌蚪们四散而逃。

王妃和优花拍手大笑。

可是就在这时候，熊啄木鸟"咚咚，咚咚"的打鼓声突然止住了。

"怎么了，傻瓜？"熊啄木鸟怒吼道。

"哎呀！"优花指着水里叫起来。

一个大水桶似的可怕东西从水底慢慢浮起来，来不及逃跑的蝌蚪们惨叫着，如同卷入旋涡里一般被吞了下去。"啊呀呀！怪物！"并不是歌词，是事实描述。

"是鲤鱼太郎！"王妃大喊。这时候，血盆大口的后面，黄色的大眼珠子闪着光。那完全就是可怕的怪物，根本无法想象，那是曾经飘浮在天空的鲤鱼旗。

"等等！鲤鱼太郎，你听我说！"王妃喊道。鲤鱼太郎露出让人毛骨悚然的微笑，然后钻进了绿色的沼泽深处。

两个人意识到，那已经不是原来的鲤鱼太郎了，而是一条怪物鲤鱼。她们捡来棍子，打算等他下次浮起来的时候狠狠地揍他，可是等到太阳西沉，鲤鱼太郎也没再露面。

四周从淡蓝色变成了深蓝色，又从深蓝色变成了黑色，物体的轮廓模糊起来。

忽然，萤火虫出现了。

一只，两只，四只，七只……

很快，萤火虫散发着美丽的光芒，从四处飞到沼泽上方。

天已经完全黑了。

黑色的水面上，庞大的萤火虫大军闪烁着光芒，犹如满天繁星，降落在这宁静的、犹如陷阱的山中沼泽。一只只竞相舞蹈，仿佛一束束光芒缭乱飞舞，转眼间又随风飘动，紧跟着四处飞散。如同风车一般旋转，又像花火一般飞驰，犹如彩色花绳织出的美丽图案。

"优花，真漂亮呀。我们来捉萤火虫吧，忘掉那条怪物鲤鱼。"白银王妃说。

两人回到车里，取来装萤火虫的笼子，开始在沼泽周围追逐。

想捉多少就能捉多少。伸手去捉那只在芦苇上一边休息一边闪闪发光的，可另一只又在这只手上停下来。

优花和王妃捉得忘乎所以。

突然，优花"哧溜"一声，脚下一滑摔倒了。她还来不及喊出声来，就掉进了夜晚的沼泽里。

落水时的"扑通"一声让白银王妃大吃一惊。

"优花，优花，你在哪儿？"

只见一个巨大的嘴巴跃出水面。

"在我的肚子里。"发出可怕声音的，是鲤鱼太郎。

为了救优花，王妃不顾一切地跳进了沼泽。

鲤鱼太郎迫不及待，一口就把王妃也吞进了肚子。

王妃头朝下脚朝上，"咕噜咕噜"地打着转儿，滑进了鲤鱼太郎的肚子深处。

她好不容易站稳了身体，才看见优花、小燕子、蝌蚪、黑凤蝶和鲫鱼们也在这里挤作一团。

"啊，终于亮了，真高兴，真高兴。"蝌蚪们说。

借着优花和王妃手里没有扔掉的萤火虫笼子发出

的光，大家互相看得很清楚。

"好吧，既然如此，我可不饶恕你！"

"我们先把萤火虫放出来，也好仔细查看这家伙的肚子。"

于是优花和王妃打开了笼盖。

好几百只萤火虫在鲤鱼肚子里左左右右四处飞舞。

其中一只停在鲤鱼眼珠子正后方，一闪一闪。

鲤鱼太郎被晃得头晕目眩。

"这是怎么一回事？"他大喊大叫，用巨大的胸鳍捂住两只眼睛，可是依然头晕眼花。

"被他们算计了！"完全搞不清状况的鲤鱼太郎横冲直撞，最后蹿上了天空。

在五月黑漆漆的夜空衬托下，怪物的身影泛着苍白的光芒，犹如一艘黑影幢幢的飞船一般。

天文台的工作人员首先发现了怪影，给高射炮阵地打去了电话。

值班的黑牛中校立刻鸣响警铃，召集部队，开始朝着天空中的怪物发射高射炮。

"嗖，咚咚——"

"嗖，咚咚——"

优花和王妃担心鲤鱼被击中，双手合十，一个劲儿祈求神灵庇佑。

大发雷霆的太郎吞下了一颗飞来的炮弹。

"啊呀呀!"他的肚子里顿时乱成一团。

要是爆炸，后果不堪设想。幸好那是颗哑弹。但这颗炮弹的重量让鲤鱼太郎丧失了飞翔的力量，他旋转着向下坠落，头朝下落在了高射炮阵地旁边的麦田里。

大家都被惯性甩了出来。

士兵们赶来制服了不断翻滚的鲤鱼太郎。

"对不起，对不起，我再也不干坏事了。我什么都不要了。"鲤鱼太郎哭喊道。

黑牛中校用刀割开鲤鱼太郎尾巴上缝的线，给他的肚子做了大扫除，发现了一根金色的头发。

"这是大王的头发!"白银王妃叫起来,"好哇,你把大王吃了!看我不拧断你的脖子!"

"不是,不是!"鲤鱼太郎连忙否认,"他在萤火虫池塘边,用头发当鱼线钓鱼来着。我只是把他的鱼线咬断了。后来,他从萤火虫池塘向北,沿着通往头发站方向的路走了。"

"通往头发站的方向?"王妃说完,看了看高射炮队长的脸。

"这样说来,他应该已经到达六月之城了。哗!"黑牛中校说。

于是,优花和王妃决定立刻离开五月之城。

7.
人偶之城

　　那是一个阴沉沉的下午，优花和王妃到达了头发站。

　　站头上，到处都张贴着海报，上面写着"欢迎来到快乐的人偶之城"。

　　在这里，六月之城被称为"人偶之城"。

　　两个人在头发站的旅客服务中心找到了一份宣传册，从上面了解了这个称呼的由来。

　　我们来读一读吧。

六月之城，又名人偶之城。城里，由于地形原因，几乎每天都阴云连绵，因此不适合举办远足、运动会、登山等休闲活动。作为替代，这座城市里，在家里的玩耍活动（比如过家家）极其发达。因此，全世界的人偶都向往这座城市，纷纷来此定居。现在，这里被称为人偶之城，吸引了很多游客……

这个汽车站就像乡下的公交车站一样简陋，三头猪拉着最多只能坐下五个人的彩车，车上写着"开往六月"。

两个人刚在候车室里换好肉色的半袖连衣裙，一个丘比特布偶就摇着铃铛走过来说："发车了，发车了，开往人偶之城！"

没有马车，两个人只好坐上了猪车。没有其他乘客。

猪车慢悠悠地开动，速度和走路完全一样。

"太蠢了，我们坐的这叫什么车呀!"白银王妃说，"哦，不叫什么车，叫猪的车，也就是猪车。"她对坐在驾驶座的丘比特开了个玩笑。

不过，两个人很快就体会到了猪车的好处。

"滴答、滴答"——下雨了。

丘比特手里握着三根鞭子，他挥动最长的那一根，喊了一声"驾——"，在最靠右的那头猪背上抽了一下。

被打的猪开始唱歌。

丘比特先生，为什么光溜溜

洗的衣服没有干

第一天下雨，第二天下雨

第三天下雨，第四天下雨

一连下了五天雨，五根晾衣竿

"对啦，就该这样。"丘比特说着，用第二长的鞭子抽打中间那头猪。

那头猪唱道：

丘比特先生爱奶酪

第一天吃奶酪，第二天吃奶酪

第三天吃奶酪，第四天吃奶酪

一连吃了五天奶酪，长出痘痘来

"真的吗？"优花问道。她看看丘比特的脸蛋，就像刚刚洗过一样很光滑，并没有长任何东西。

"没有这回事，这头猪瞎说的。"丘比特也笑了，这回他举起最短的鞭子，抽打左边那头猪。

左边的猪唱起来：

丘比特先生喜欢花

折来一枝绣球花

第一天白色，第二天蓝色

第三天紫色，第四天粉色

第五天凋谢，变成肉色

王妃一瞧，车里果真有一朵绣球花插在花瓶里，而且花是纯白色的。

他们不停地赶路，第二天依然在下雨。就像猪在歌里唱的那样，绣球花变成了蓝色，丘比特吃了奶酪。

第三天还是下雨，绣球花变成了紫色。

中午休息的时候，王妃问丘比特："有没有一个金色眼睛、金色头发的旅客坐过这辆车呀？"

"大约十天前有过。"丘比特答道，嘴里依然嚼着奶酪。

王妃听了很沮丧："那他早就走远了。"

"不会，不会。"丘比特说，"到了人偶之城，哪有不待上十天的客人呀？要说到人偶，款待客人是他们唯一的人生价值。任何人来了这座城市，都会不知不觉忘记时间流逝的。"

听到这话，王妃略微放下心来。

第四天依然在下雨，绣球花变成了粉色，丘比特依然在吃奶酪。

第五天还在下雨，绣球花变成了肉色，而丘比特的脑门上冒出了小痘痘。

傍晚时分，猪车到达了人偶之城。

那是一座小城，包围它的砖墙犹如中国的万里长城。

来自世界各地的人偶在这里修建的房子，带有各自的风格。

优花和王妃在山冈上租好一间木屋后，立刻开始四处打听有没有谁见过黄金大王。

离得最近的是大规模的西洋馆，铁丝网的栅栏上爬满了蔷薇。

蔷薇绽放着不计其数的奶油色花朵。

"来了，来了，是谁呀？"出来应门的是一个出生在美国、身着红裙的鬈发人偶。

"哎呀,快进来,快进来。"金发碧眼的人偶顶着一头漂亮鬈发,把她俩领到阳台上,不由分说地邀请她们一起吃饭。

王妃和优花都难以拒绝,只好留下来进餐。

"我只喜欢吃点心。"王妃在优花耳边轻轻说道,"但愿上的是点心。"

端上来的,是盛放在大玻璃盘子里的形状各异、五颜六色的三明治。从圆的、方的、三角形的、细长条的,到星形的,应有尽有;牛肉、火腿、蔬菜、水果、鱼……使用的食材无所不有。

优花太高兴了,一个接一个地吃起来。

可是王妃没有吃。

"三明治不合您的口味吗?那我准备其他的。"

于是,人偶又烤了鲜美的虾肉派,放在银色盘子里端上来。

王妃仍然一口都没有吃。

鬈发人偶并不认识黄金大王。

第二天到访的是有喷泉的美丽府邸，院子里散养着好几百只孔雀。

两个缠着头巾的印度人偶迎接了她们，并请出了女主人——一位贵妇人偶。

这位印度的贵妇人偶裹着蓝色的丝绸纱丽，佩戴着宽幅的黄金手镯，额头上还点着一个红点。

"我请你们尝尝锡兰风味的咖喱饭吧。"仆人们端来了三个盛着咖喱饭的盘子。一个装的是鸡肉，一个装的是猪肉，还有一个装的是鱼肉。

贵妇人偶用手直接抓起咖喱饭喂到嘴里，因此优花也用手吃起来。刚开始的时候她觉得辣，吃着吃着，感到味道好极了。

"这种咖喱饭是用椰子水替代牛奶做出来的。"贵妇人偶介绍说。

白银王妃没有吃，反倒是说："我们一直被告诫要饭前洗手，这样的话连饭后也必须洗手了。"

"手呢，洗上多少遍也洗不小嘛。"印度贵妇说。

"肥皂会小呀。"王妃说出的话很讨人厌。

结果，印度贵妇也没见过黄金大王。

第三天，她们爬上铺满石头的山坡，来到一座用大块石方堆砌的石头房子，这些石方像积木一样堆得整整齐齐。

一个眼睛漂亮的人偶姑娘走出来，她那黑亮的头发梳成粗粗的马尾辫，头发上插满鲜花，身上穿着红色、绿色、黄色的艳丽衣服。她是南美曾经繁荣一时的古代印加帝国的人偶。

人偶姑娘为两个人烤了整颗土豆，可是王妃连碰都不碰。那个姑娘也说没有见过大王。

第四天，中国的人偶姐妹招待了她们。

姐姐穿着朱红色的缎子外套，搭配长及脚踝的黄色裙子。妹妹穿着与姐姐同样的外套、与裙子同色的长裤。两个人偶头上都插着牡丹花。

姐姐做的是一道名叫"爆明虾"的菜，在蓝色的漂亮大盘子里，三十只凤尾虾摆成一圈，淋上了番茄酱。

妹妹看见王妃不吃，说道："你好像不喜欢姐姐做的菜吧？不过，我用蛇做的菜你一定会喜欢的。"

优花听到"蛇"这个字，觉得很恶心，但是端上来的菜非常好吃，她立刻就满不在乎地大快朵颐了。

第五天，她们走进了一个有着高大图腾柱的地方。

从简单刨过的原木建造的小屋里，走出一个肚子犹如太鼓一样圆咕隆咚、皮肤浓茶色的矮个子人偶来。

他的身体是赛璐珞（lù luò）做的，肩上是茶色羽毛披肩，腰间围着竹叶编成的短蓑衣，头发和眼睛是纯黑色的，下巴上有文身，额头上扎着头巾。

他是新西兰毛利人偶。

在这里，他们用烤羊肉串款待了优花二人。

第六天，她们到访了一座日本古代建筑模样的白墙房子，房子外面围着泥巴墙。把她俩领到正房的，是紫藤姑娘。

紫藤姑娘穿着红色丝绸的长袖和服，戴着黑色斗笠。然后，她在山白竹的大叶片上摆好了漂亮的寿司。既有紫菜饭卷、茶巾寿司，也有竹荚鱼箱压寿司。透过正方形的白色墨鱼，能看见铺在下面的花椒叶，还有鸡蛋和海鳗的拼盘。无论是颜色还是味道，都无可挑剔。

第七天到访的是西式的混凝土房屋。穿过铁门，一个笑颜如花的法国人偶迎了出来。

蓝眼睛的人偶热情好客地请她俩品尝了煎鸡蛋卷。

"这里面放了九个鸡蛋，我们把它称为萨沃亚煎鸡蛋卷。"

第八天，她们来到了一座砖砌的公寓前，出来迎接的是英国白金汉宫的卫兵人偶。

卫兵人偶的头上深深地戴着黑色仙人球似的帽子，红色外套配黑色长裤，胳膊上佩戴勋章，手中握有钢枪。

这个卫兵人偶十分好客，请二人吃了炖牛肉。

第九天，她们拜访了在黄色山崖侧面凿洞居住的西班牙吉卜赛人。

打扮得灿烂夺目的弗拉明戈舞女人偶们说："快来尝一个！"她们从散放在那边的罐子里，一个接一个地取出贝壳、虾、橄榄果、葡萄酒等，劝二人品尝。

第十天探访的捷克斯洛伐克的玉米人偶和第十一天的意大利山里姑娘人偶，还有第十二天的日本圆头木人偶分别拿出玉米汤、意大利面和饭团子招待她们。

在这期间，王妃都是一口不吃，人偶们也都没见过大王。

最后一户住在树林深处，孤零零的。那是一座用泥巴和石头建成的宏伟城堡。

土耳其的穆罕默德大王出现了，他头上缠着白头巾，下巴蓄着黑色胡须，身穿镶满宝石的长袍。

穆罕默德大王戴着白色手套，不知为何还戴着黑色墨镜。

两个人向他打听黄金大王，土耳其大王摸着胡须说："我没见过那样的人。来吧，请进，在这座人偶之城，所有来访的客人都应受到真心诚意的款待，这是理所当然的。"

两个人被领进了铺着鲜红地毯的大房间。

"大王为什么戴着黑色墨镜呢？"优花问。

"我的眼睛看不见。"大王回答，"不过，我现在完全习惯了，所以并未感到不便。"

女仆端来了放有葡萄干的炒饭。炒饭盛在蓝色比目鱼的盘子里，比目鱼眼睛的位置镶嵌着两颗钻石。

"来吧，快趁热吃。"土耳其大王觉察到王妃没有进餐，于是催促道。

优花告诉王妃："你动动嘴巴，装出吃东西的样子。穆罕默德大王是搞不清楚的。"

于是王妃就"吧唧吧唧"地动动嘴巴，咬咬牙齿。

过了一会儿，土耳其大王又说："那一位也请用餐。"

一听这话，白银王妃迅速起身，跑到土耳其国王身边，迅速地摘下他的黑色墨镜，一双金色的眼睛立刻出现在眼前。

"黄金大王!"白银王妃紧紧地抓住他的手,不让他逃掉,说,"我终于找到你了!快跟我回去吧!"

王妃一边说,一边把粘上去的黑胡须扯下来,并快速解开他脑袋上的头巾,脱掉他的长袍。穆罕默德大王被剥去了伪装,露出金色的头发、金色的外套,彻底变成了黄金大王的模样。

"被你发现了呀!"大王笑着说,"如果你改掉了十二个坏毛病,我立刻就高高兴兴地跟你回去。"

"我当然改了!"白银王妃热泪盈眶地讲述了旅途中的千辛万苦。

"原来如此,原来如此,小优花真是太照顾你了。"大王说着握住优花的手道谢。然后他说:"如果要回去,我们必须先把人偶们请来,感谢他们的款待。"

这是一项大工程。因为要招待十二个人偶,所以必须购买大量食材。各种漂亮的杯盘碗盏也都需要备齐十二份。考虑到每个人偶的喜好不同,还必须准备各个国家的饭菜。

白银王妃决定制作二十四种佳肴。

因为太过努力，王妃甚至消瘦下来。但她依然怀着真情实意，认认真真准备饭菜。

那一天终于到来。十二个人偶各自盛装打扮，大驾光临。

白银王妃和优花兴致勃勃，一道接一道地端上美味佳肴。

那真是一场盛宴。别提饭菜看上去多么诱人、种类多么丰富、食物多么充足、器皿又是多么漂亮了，无论什么样的大王，也无法让人准备出比这更好的饭菜。

黄金大王看见王妃的厨艺，大喜过望，笑得合不拢嘴。

"请大家不要客气，赶快吃吧。"大王说道。

可是，这是怎么一回事呢？人偶们只吃上一口，就皱起眉头，放下筷子，再也没有一个人偶愿意碰这

些美味佳肴，就像饭菜很
难吃似的。

"这是怎么了？"大王
大声问，"是食物进了沙
子吗？"

这时候，白金汉宫的
卫兵迅速起身，立正后说：
"对不起，陛下，我们只是
做了王妃做过的事而已。"

白银王妃的脸红到了
耳根子，她抬不起头来。

大王一言不发地从座
位上站起来。

"你们这些坏心眼的人
偶！"王妃大吼道，想要抓
住他们。

可是优花挥舞着双手

大叫道："哎呀！玛丽姐姐，大王又逃跑了！"

"你说什么？"王妃大吃一惊，跑到窗户边一看，只见黄金大王正骑着一匹金色大马，在雾蒙蒙的细雨中飞驰而去。

"你等等！"王妃喊道。

"没用。"大王的声音随风传来，"你挑食的毛病，不是一点儿都没有改吗？"

"等等！"王妃哭起来，她发自内心地感到自己做错了。

可是，大王已经不见踪影了。

8.
森林庆典

雨停了，每天都是烈日当空。

优花和王妃已经在炎热的西瓜地、玉米田里走了好几天，热得快要晕过去了。

终于，她们走进了茂密的森林，顿时松了一口气，感到自己宛如新生。

午后，在栎树林里，两个人听见四只身穿闪闪发光绿衣服的绿甲虫一边飞一边说：

"这次的庆典歌曲，旋律真难呀。"

"要是不下功夫好好练，可就要在庆典上丢脸了。"

"那我们再来唱一遍吧。"

于是四只虫子唱道：

赞美吧，木宫神社

今宵的良辰美景

绿色的子子孙孙啊

七月的森林里

充满欢乐

尽在歌声中

庆祝吧，木宫神社

今宵的庆典

听到这首歌，两个人意识到现在已经是七月了，于是穿上了绿色的无袖连衣裙。

"你们好！"王妃唤住他们，"请问那座神社在哪里呀？"

"你说什么?!"绿甲虫诧异地盯着她,"你们是游客吧,所以才不知道这座森林的木宫神社?"他说着,用尖锐的六根指甲画了一幅粗略的地图。

一看地图才知道,这是一片广袤无垠的大森林。木宫神社位于森林正中央,要走到那里,也许还得花上十天时间。

"十五日那天是一年一度的庆典。"绿甲虫告诉她们。

接下来的第三天,她们又偶遇了虎甲虫一家,他们正在树桩周围休息。

虎甲虫穿着醒目的绿色、蓝色和橙色相间的单衣和服。

"为了选出今年的女巫,大家正闹得不可开交呢。"虎甲虫爸爸说着,看见了走近他的优花二人。

两个人看见虎甲虫正在喝看起来十分凉爽的香瓜果子露,不由得停下脚步,也想尝尝。

"来吧,来吧,休息一会儿再走。"和蔼的虎甲虫妈妈说。

优花和王妃坐下来，与虎甲虫们一起歇息。

虎甲虫爸爸继续聊刚才的话题。"去年呢，七岁的女孩只有紫薇一个，所以轻而易举就决定了。"

他说的是为木宫神社的庆典挑选女巫的事情。按照惯例，这个角色要从居住在森林里的七岁女孩当中选出。被选出的女孩会坐在神轿上播撒炒麦粉。如果麦粉沾到身上，就一年都不会生病了。这个魔法是庆典上最重要的活动。所以，能被选为女巫是无上的光荣，有女儿的父母都想让自己的孩子当上女巫，而女孩们也怀着这样的梦想成长。

有资格当女巫的女孩，今年有四个。

"为了这次的庆典，神官先生恐怕也很伤脑筋。"

这天之后，森林里渐渐热闹起来。她们遇到了穿连身和服、脑袋上缠着头巾练习敲太鼓的蝗虫老爷爷，还看见绿灰蝶吹着笛子翩翩起舞，身着筒袖和服的臭虫和叶蝉正在统一敲钲①的间隔时长。

两个人终于到达了木宫神社。

那是一座十分宏伟而古老的神社，石头建造的牌坊长满苍翠欲滴的青苔。

神社院内有七棵高大的楠树，其中一棵的树干粗得五个人拉起手来才能勉强环抱。这棵楠树已经七百七十七岁，正是神社的神官。

优花和王妃进入前殿，祈求早日找到大王。

"你们说的金色头发的人，身穿山里修行者的服装，他说节日那天要来参观呢。"神官告诉她们。

于是两个人决定，与其找遍整座森林，不如在这里等候大王。她们打算在神社住下，直到庆典那一天。

第二天早晨，楠树神官来到优花和王妃的房间，一筹莫展地说："家长们把四位想当女巫的姑娘带来了。我必须从她们当中选出一个来。可是这四个姑娘

---

① 钲，一种古乐器，敲击可发出声音。

互不相让，我实在是束手无策。你们有没有好办法帮我做出决断呢？"

"让我们先见见这些姑娘吧。"王妃和优花两个人跟在神官身后，踩着大粒的沙子去了前殿。

前殿里，四位盛装打扮的女孩亭亭玉立。她们身后站着四棵大树，纷纷支起胳膊，怒目相视，仿佛各自守护着珍宝一样。

最右边是一位高个子的杉树青年，领着妹妹八角金盘。妹妹翠绿的头发编成八根马尾辫，每一根都系着艳丽的丝带，她面带微笑，以便让自己显得更可爱。

杉树身旁是一位树皮粗糙的橡胶树爷爷。他穿着肥大的灰裤子，肩膀高耸，手里牵着他的小女儿——肌肤白嫩的白桦姑娘。

橡胶树爷爷旁边站着身材魁梧高大的槐树，他身穿橄榄色运动衫，下巴的浓密胡茬就像一根根针一样。他炫耀似的把两只手搭在女儿的肩膀上。他的女儿穿着茶色的衣服，耳环、项链、手镯和脚饰一个不缺，正是卫矛姑娘。

最左边是身着淡紫色连衣裙、满脸皱纹的紫藤奶奶，她拄着拐杖，勉强支撑着快要折断的腰。紫藤奶奶的孙女合欢树穿着粉色外套，戴着花冠，可是身体似乎不太舒服，柔弱无力地靠在奶奶身上。

"我们快点儿决定吧。"槐树焦躁地说，"肯定是我家闺女嘛。我家闺女最出色。"

"哪有这回事。"橡胶树爷爷怒吼道，"打扮得那么花哨！我家白桦要高雅得多。"

"我的妹妹八角金盘才可爱呢。"杉树也不认输。

"闭嘴！"紫藤奶奶的喉咙里发出"呼哧呼哧"的声音说，"怎么看也是我家合欢树最好。你们要公平哟，两位旅客！"

"好了，好了，请静一下。"白银王妃说，"抽签决定吧。"

"既然这样，我们按照平假名的顺序来吧。"橡胶爷爷说。这是因为，按照平假名排序的话，顺序是白桦、卫矛、合欢树和八角金盘，他的女儿排在第一个。

"真狡猾！"槐树握紧了拳头，"按照《伊吕波歌》来排序，这样女巫就属于我家卫矛了。"

王妃摘下翡翠戒指，又捡来三个小石头。然后，王妃和优花一只手拿一个，把东西攥在手心里，并排伸出四个拳头来。

"来吧，一人选一个，选到翡翠戒指的那个人就是女巫。"

白桦和八角金盘握住了王妃的手，合欢树和卫矛则握住了优花的手。

她们数完"一、二、三"，一起摊开了手。

"太好了！"紫藤奶奶弯着扭曲的腰杆叫起来。合欢树抓住的优花右手中，翡翠戒指正闪闪发光。

楠树神官立刻说："就这么定了。这就叫作公平。"

杉树、橡胶树和槐树虽然心有不甘地抱怨着，但是也无可奈何。

女巫确定为合欢树，这条消息通过记者豆娘的播

报，传遍了整座森林。

这样一来，就可以安心地迎接庆典了——神官楠树这么想着。

优花和王妃也放下心来。然而，就在庆典的前一天，问题出现了。

当选为女巫的合欢树得了嗜睡症，必须立刻住院。

"这下子事情可麻烦了。"神官焦头烂额。没有女巫，庆典就无法举行，但庆典的举行时间又不能推迟。

神官请求王妃和优花帮忙："请你们赶紧去橡胶树先生家，让白桦姑娘作女巫。如果白桦姑娘推辞，你们就直接去请槐树家的卫矛姑娘。一切都交给你们了，拜托！"

优花和王妃立刻登上神社的后山，气喘吁吁地跑进橡胶林。

可是她们只见到了橡胶树爷爷。

"唉，她真是个运气不好的孩子呀。"橡胶树爷爷叹口气说，"我让她去姑姑家玩了。因为我担心她没当成女巫，留下来观看庆典会难过。她明天无论如何也赶不回来。"

于是，优花和王妃翻过两座山谷，汗流浃背地来到了槐树家。

槐树住在一座富丽堂皇的塔里。听优花说要让自家卫矛当女巫，槐树高兴地笑了。然而王妃一时大意说漏了嘴："我们去了白桦姑娘家，但她不在家。"

槐树的脸色一下子变得铁青。"你是说，如果白桦在的话，你们就选白桦了？这……这真是岂有此理！我们可不受这种侮辱。我家女儿不是替代品。行了，你们回去吧。回去！你们去找白桦好了。你们不是本来就更喜欢那个脸色苍白的姑娘吗？"

无论优花和王妃如何安慰、道歉，槐树都捂着耳朵不听。最后，他取下挂在墙上的军刀挥舞起来，把两个人赶了出去。

然而她们不能就这样回去。因为，没有女巫就无法举行庆典。

两个人又翻过一座山谷，来到杉树家。

"哎呀，哎呀，你们大老远专程赶来……"杉树青年很高兴，"你们要让我妹妹当女巫？啊……我就知道最后会这样。不过，槐树恐怕会生气吧。一想到这个，我就高兴得很。"

结果白银王妃又说漏了嘴。

"这一点你不用担心。槐树先生是自己拒绝的，所以他无话可说。"

"什……什么？他拒绝了？"杉树皱着眉头，凶巴巴地反问道，"那是为什么？"

两个人在他的追问之下，只好从橡胶树爷爷家讲起，把情况和盘托出。

杉树的脸抽搐起来："既然这样，我们也免了吧。"杉树咬着嘴唇宣布，"你们是因为遭到了白桦和卫矛的拒绝，无可奈何之下才来找我的吧？你们完全是在欺负我可爱的妹妹。我绝对不愿意。拒绝！"

"明天就是庆典了！"优花叫道，"你要是一意孤行，庆典就无法举行。整座森林都会陷入困境！"

"随他去！"杉树怒气冲冲地喊道，"跟我没关系！"

然后，他攥紧拳头挥舞着，好几次都戳到了两个人的鼻尖。

"我妹妹可不是乞丐！赶快给我消失！"

两个人来到外面一瞧，夏日的白天虽长，可太阳也西沉了。

两个人无精打采地走在路上，不知如何是好。如果就这样回去，神官先生该有多失望啊，说不定他会因此而内疚许久呢。

"这些家伙太固执，太讨厌了。优花，怎么办？回去吗？"

"想回去也不能回去呀。"优花说道。

说着说着，夜幕悄然降临。聒噪的蝉鸣声渐渐低沉下来，绿蛾开始飞舞。

"啊！"王妃忽然惊叫起来，"优花，我有个好主意，好主意！我们找其他的七岁女孩呀！"

"什么，玛丽姐姐？"优花瞪圆了眼睛，"我们一开始就知道，森林里只有四个七岁女孩呀。"

"不，还有一个呢。"白银王妃嫣然一笑，"不是四个，是五个。"

"啊？第五个是谁呀？还有，她在哪儿？"

王妃迅速伸出洁白的食指，笔直地指着眼前。

"啊，原来如此。"优花拍拍手，两个人急急忙忙赶回了神社。

天一亮，整座森林里所有树木、昆虫期待已久的木宫神社夏季庆典就开始了。

虎甲虫抬着神轿，在草丛中喊着"嗨哟，嗨哟"的号子缓步前行。蝗虫敲着太鼓，绿灰蝶吹奏横笛，叶蝉则在敲钲。

金花虫们络绎不绝地推着大车赶往庆典集市，车上的西瓜堆成了山。

豆娘记者在他们头顶上大喊"号外！号外！"，手里举着的报纸上印着巨大的标题——《没有女巫的节日庆典?》，文章详细报道了合欢树住院、白桦不在家、另外两个女孩拒绝担任女巫的情况。

虫子们一片哗然：

"没有女巫?"

"蜡笔王国要完了!"

"没有女巫，怎么能举行庆典?"

"这是坏事即将发生的前兆啊。"

"大王是不会回来了吧?"

"我们去神社吧……"

"我们要见神官!"

虫子们朝着神社涌去。半路上，他们遇到了橡胶树、槐树、杉树和紫藤，证实号外说的都是真的。

"神官，你赶紧出来……"

"你在做什么……"

就在这个时候，在举着祭神驱邪幡的楠树神官的带领下，身着绿色冠服的六位神官威武庄严地抬着神轿从大牌坊下走出来。

"哇!"大家响起阵阵欢呼。

身穿白色法衣、红色裙裤,手握扇子跪坐在神轿上的正是优花。

优花恰好是七岁的小学二年级学生。

优花从神轿上撒下炒麦粉。

森林里的伙伴们,树木、花草、虫鸟都比肩继踵,竞相沐浴在麦粉下。

杉树、橡胶树、紫藤和槐树注视着这番热闹的景象,脸上流露出悲伤寂寥的表情。

"咚……咚咚……咚咚……"太鼓的声音震撼大地。

笛声婉转悠扬,纯净得犹如清澈见底的林间小溪。

"铛,铛,铛,铛……"钲的声音也很协调,为庆典增添愉快的节奏。

白银王妃一整天都瞪大眼睛,寻找前来参观的黄金大王。

可是,大王并没有出现。

到了后半夜，一位绿色法衣外披着蓝色袈裟的和尚来了。那是住在森林南端寺庙里的三宝鸟。

楠树神官帮忙向他打听："你的寺里有没有一位金色头发的修行者呀？"

"哦，那个男人呀，他昨天还在我们寺里修行呢。昨天晚上去海边了。"

"海边？"白银王妃喊道。

"是的。我们的寺庙紧挨着的山崖下就是大海。他一个人出海了。"

"他到底是为什么出海呢？"

三宝鸟像是头一回听见答案如此显而易见的问题，语气生硬地说："那还用问吗？当然是为了修行啰。"

于是，王妃和优花第二天和要回寺里的三宝鸟结伴同行，向海边进发了。

9.
大海和天空之旅

　　三宝鸟的寺庙在森林南端高耸的山崖上。崖下就是碧蓝的大海。

　　站在高高的悬崖边缘，王妃和优花感到头晕目眩。她们脑中一片茫然，不知道该怎样才能到达海边。

　　三宝鸟说："快点儿换上游泳衣。换好衣服到厨房里来。"

　　两个人打开提箱，取出蓝色游泳衣，还戴上同样颜色的泳帽。

　　收拾好自己，来到厨房，她们看见高大的桂花树下有两件贝壳形状的奇特东西。

那是用透明的蓝色塑料制作的。

"这是我发明的跑贝。你俩寻找的金发人也是坐着这种跑贝去的大海。它无论是在大海还是在天空，时速都能达到一百千米。用上它，无论在多么辽阔的大海里，你们都一定能找到他。你们这就出发吧，一路小心！"

说着，三宝鸟飞快地回大殿念经了。

优花和王妃打开跑贝，各自坐上去，感觉仿佛乘坐在翱翔于蓝天的飞盘上。

跑贝的驾驶装置也简单得让人吃惊，只有操纵杆、刹车和启动键。

两个人把操纵杆向上拉，战战兢兢地按下了启动键。

跑贝轻灵地升起来，开始不断向空中攀升。

不一会儿，她们就能熟练地驾驶了。于是，她们时而上升，时而下降，时而向右旋转，时而向左旋转，

接着又翻筋斗，乐在其中。最后，她们终于决定向着海底前进。

她们下拉操纵杆，一瞬间就撞上了蓝色大海。速度快得她们都搞不清碰撞是什么时候发生的，跑贝就已经接近海底。

忽然，她们听见了音乐声，于是都竖起了耳朵。

音乐声越来越近，就在耳边，可她们看不见是谁在演奏。

优花和王妃把跑贝停在海底的一块黑色岩石上。

"啊，在那里！"优花指着一个方向说。

那里的岩石上，红色、蓝色、紫色的海葵正在蠕动，犹如迎风摇曳的花田。

海葵抓着碧蓝的海牛，一会儿拉开，一会儿合拢，蓝色的海牛便随之发出如同手风琴的声音。

合着这曲调，两人刚听见远处传来的男声合唱，眼前便出现了几十条飞鱼组成的队伍。

飞鱼男士系着蓝色领结，飞鱼女士穿着歌剧《卡门》里的那种长裙。

优花心想，他们打扮得可真时髦呀。一看，原来是名叫蓝天的乐团。

男声合唱的是：

俺是大海

俺是易怒的人

晨风轻轻一吹

俺立刻大发雷霆

掀起波浪的獠牙，杀死游艇

三万吨的巨艇也要呼叫SOS

哦，愉快，愉快

八月，八月

俺是易怒的人

谁也别惹俺

飞鱼乐团一边唱一边向上游去，优花和王妃操作跑贝，追赶飞鱼们。

飞鱼们终于冲出海面，飞向天空。优花和王妃也跟着来到空中。

这次，飞鱼女士的裙裾在海风中翻飞着，开始合唱：

我是天空

我是爱开玩笑的人

夕阳说个小笑话

我就立刻哈哈笑

气流卷起旋涡

咚，咚，咚咚

啊，愉快，愉快

八月，八月

我是喜怒无常的人

谁也别惹我

然后，飞鱼乐团就这样反反复复在海里练习男声合唱，在空中练习女声合唱，同时高高兴兴地前进。

优花和王妃半路上和他们告别，又一次回到了海底。

她们差一点儿撞上大鲨鱼的翻斗卡车，也遇到了摇着铃铛"丁零零"卖米粉丸子的安康鱼爷爷。

比目鱼学者用侧面的眼睛仰望上方，沉浸在计算当中。红色的金眼鲷女模特正在研究眼影。医学博士松球鱼正在告诫生病的龙虾，他的风湿只能治疗到这种程度，因此即使疼痛也必须强迫自己行走。木匠锯鲨正在费力地切割珊瑚柱子。电力公司的经理海鳐鱼正在为要求增加路灯的请愿书头疼。

海里真热闹。睡觉的只有毛贼海鳝之流了。

一天，优花和王妃遇到了一个高好几百米、体格强壮得惊人的大个子男人。

大个子头上缠着蓝色的头巾，整张脸都布满蓝色的海草胡须。大个子弯着腰，不断地从海底捡起什么东西放到旅行包里。

"你在干什么呀，秃头海怪同学？"王妃问。

"傻瓜！"大个子生气了，"我可不是什么秃头海怪。"

"那么，大个子先生……"优花说。

"我可不是什么大个子。"

"那么，海里的怪物先生……"

"你这个混蛋，我可不是怪物！"大个子更生气了。

"那我该怎么称呼你呢？请告诉我，因为我们什么都不懂。"

"你们好好听着。"大个子怒目而视，把腰板挺得直直的。这下子，他的个子高得头发都快露出海面了。

"我是海之神，海神。"

"哎呀，我们失礼了。"王妃说。

"海龟？"优花听错了，不可思议地反问道。

"傻孩子。"海神怒不可遏，"我要把你俩打包卖给天空女神。"

两个人还来不及眨眼睛，乘坐的跑贝就被岩石一般巨大的手抓住，塞进了旅行包。

旅行包里塞满了令人恶心的软绵绵的土黄色东西。大个子就是在捡这种东西。

那东西有两只角，形状就像没壳的蜗牛，大的长达五十厘米。被关在包里，那些家伙看上去泰然自若，完全不在乎。

"你们是什么？"优花问，"还有，我们要去哪儿？"

"我们叫降雨。"湿乎乎、软绵绵的家伙在彼此的背上爬来爬去，说道，"天上没有雨了，所以海神就想把我们高价卖给天空女神。海神特别会做生意。"

"你说什么？你们能降雨？"

"是啊。"降雨得意地说，"你碰碰我的后背，就会流出很多紫色的汁水哟。那就是雨根。天空女神眼看就需要为九月的台风做准备了，卖得再贵，她应该都会买的。现在的降雨价格可高了。因为六月的梅雨几乎把降雨都拿走了，只剩下我们这些。就算把海底淘个遍也没多少了。"

"我完全不知道还有这种事呢。"优花很惊讶，入迷地听着这件稀罕事。

"海神接下来要和天空女神交易呢。"

"在哪里？"王妃问。

"在大海和天空的交界处。那里既不是大海，也不是天空。"

"既不是大海，也不是天空，有那种地方吗？"优花问。

"为什么这么问？"这次轮到降雨们吃惊地反问了。

"因为不是大海就是天空嘛。既不是大海也不是天空的地方，地图上就没有。"

"那是你的地图上没有。"降雨说。

"人类的城市和城市之间，也是有分界线的，对吧？可是，你到真正的分界线去看看，比如一个石块，难道每一个石块都有属地吗？肯定有不属于任何城市的嘛。大海和天空也有这样的地方。啊，我们好像已经到了。"

从旅行包的缝隙看出去，那里真的是一个不可思议的地方。

太阳公公金光灿灿，可是周围全都是水。虽然水蒸发了，被天空吸收，水蒸气却犹如瀑布流入天空，又仿若天空的雨滴即将落下。景象十分奇特。

美丽的彩虹挂在天空，在彩虹桥的对岸，伫立着一座很像学校的空荡荡的建筑物。

海神走进那座建筑物。然后，在一个人都没有的宽敞房间里，粗鲁地一屁股坐在沙发上。

"哼，坏蛋！是那个女人主动来求我的，自己倒还没来。"他气吼吼地自言自语，"那个女人真是个不守时、阴晴不定的家伙。"

可是，就在他说这话的时候，走廊里传来了衣服摩擦的声音。一个提着明亮的蔚蓝长裙，披着蓝色长发的女人走了过来。

女人发出"咯咯咯"的笑声。

"你高兴什么呢?"海神怒吼道。

"请你静一静。"女人说道,她就是天空女神,"我刚才想,你一定和平常一样怒气冲冲的,果然如此,太好笑了。咯咯,咯咯。"

"哼!"海神用鼻子回答了她,"我刚才也想,你肯定会像只笑翠鸟似的,'咯咯咯'地笑着来,果然如此。太让人生气了。"

一听这话,天空女神觉得更滑稽了,她笑得腰都直不起来,眼泪也掉出来了。

海神生气地喊:"喂,你这个不靠谱的女人,认真点儿!快来做交易。一百只降雨。"海神一边说,一边把手粗鲁地伸进装着优花她们的旅行包里,把降雨摸出来摆在桌上。

"我的水母不够,要一百只水母。"

"好啊。"天空女神说着打开手提包。她从里面抽出洁白的云朵,就像扯棉花一样,熟练地把云朵分成了一百份。

"喂！等等！我还要五十只海星呢。"

"不行，不行，咯咯咯。"天空女神摇摇头，"你的降雨一年比一年卖得贵，而且品质一点儿都不好。这种东西，你自己看看，干巴巴的。"天空女神捏起一只快要死掉的降雨，伸到海神面前。

无法反驳的海神气得直哼哼。

"你如果想要海星，就把我的口红给我。"

"哼，狡猾的女人！"海神说着，在旅行包底部翻找一通，摸出了一只形似蜡笔的红色小棍。那是一束长约十厘米、十分美丽的红色蠕虫。

"怎么样？一束换一百五十只海星。"

天空女神接过口红虫，用怀疑的目光审视一番，然后像狗一样仔细闻闻气味。

"笨蛋，居然怀疑我。"海神涨红了脸怒吼道，"这可不是什么便宜货，是阿拉斯加最高级的产品。"

"你能别再吼叫了吗？"天空女神说道。然后，她从手提包里取出一颗小星星，用小拇指长长的指甲轻轻一弹，星星就变成小碎片四散开来。

天空女神数了一百五十粒碎片，剩下的收进了手提包。

交易结束了。

"那么，我们来跳支舞吧。"天空女神说。

"也好。"

于是，不知何时，飞鱼的蓝天乐团来了，开始演奏优花她们一开始听到的那支曲子。

那真是十分有趣的一番景象。

海神腰粗肚圆，像个啤酒桶，而天空女神身材苗条。所以，天空女神被海神圆鼓鼓的肚子顶着，只好弯着腰跳舞。海神的脸因为发怒而红彤彤，天空女神则皮肤白皙笑盈盈的。

优花和王妃下了跑贝来观看。

"你跳得越来越差了。"女神说，"喂，别摔了！"女神一边使劲儿转动手臂一边拉他，因此海神一下子翻倒在地。

"咯咯咯!"女神笑了起来。

"你笑什么?"海神生气地大喊,这时两串鼻涕从圆鼻头里冒出来。

"咯咯咯!"女神笑得前仰后合。

"闭……闭嘴!"海神使劲儿去拽天空女神的长裙裾。

天空女神也摔了个四仰八叉。

"哎呀!"女神叫起来,脸色大变,"哼!我才不想跟你跳舞呢!你这个爱生气的家伙!"

"你说什么?你这个爱嘲笑别人的家伙!"

"别吵了,别吵了。"白银王妃挤到两位神中间,"你俩为什么总是吵来吵去的呢?说话不能正常点儿吗?"

"我一想正常说话,"海神气冲冲地大叫道,"这个傻女人就会把一切搞得乱七八糟。喂,你要再敢说我一次坏话,你试试,到时候……"

"到时候鼻涕泡又会冒出来!哈哈哈。"

"我再也忍受不了了！"海神暴跳如雷。

王妃和优花连忙跳进跑贝。

"呜！"

"嗖！"

狂风大作，电闪雷鸣，一片蓝色交织在一起，覆盖了四周。

只看见海神的蓝色衣服和天空女神的蔚蓝长裙纠缠在一起，已经分不清哪里是天空，哪里是大海。

优花和王妃赶快按下启动键，可是来不及了。

跑贝被一股巨大的力量抛来扔去，仿佛掉进了大旋涡，一会儿向下坠落，一会儿又向上飞起；刚飞起来，又被砸下去……海神的号叫声和天空女神的哈哈大笑声时而在上，时而在下，四周就像陀螺一样转个不停。优花和王妃的头部遭到了猛烈的撞击，最终两人失去了意识。

10.
吝啬鬼典狱长

白银王妃苏醒的时候，跑贝已经被冲到岸边了。

天空依然大雨倾盆，也许是暴风雨的尾声。

王妃打开跑贝来到外面，发现优花的跑贝就在五十米开外的地方。

王妃跑过去摇晃优花。优花呻吟了一声，也慢慢醒转过来。

两个人设法重新启动跑贝，多次尝试后发现，发动机已经彻底损坏，根本无法启动了。

"我记得手提箱里有雨衣。"王妃打开银色手提箱，从里面找出淡蓝色的雨衣来，"这样就不怕淋雨了。"

两个人沿着海岸线，脚步蹒跚地向前走。

刚开始的时候是沙滩，渐渐地，海岸边延伸出一片树林，大海变成了裸露的岩石，雨林出现在四周。

有一天，她们来到一个宽阔的河口，看见那里有一艘损坏的跑贝，操纵杆上沾着金粉，一定是大王的。

"啊，大王就在附近。"王妃欢天喜地，四处寻找，很快就发现了脚印。

可是脚印到了河边就忽然消失了。

"大王会不会下了水，划着船逆流而上了？"

只能这样判断。可是，她们并没有发现这里有船只，所以只好顺着河边，在雨林的道路上穿行。说是道路，其实是野兽穿行的路线，因此她们提心吊胆。

她们遭到蛇的恫吓，被带刺的树枝擦伤，还苦于蚊虫的叮咬，这样走了三天，终于来到砍光竹林后留下的一片原野上。

雨停了，水量增多的大河水位不断上涨，仿佛马上就要决堤。两个人虽然嘴上没说，可是心里都忍不住想，真是来了一个了不得的地方。

就在这时，她们听见河的上游，很远的地方人声鼎沸。

她们走了一个小时之久，道路再次延伸到河边。她们看见一艘清沙船停靠在河中沙洲边，九个穿着淡蓝色工作服的莽汉从船上下来，在沙洲上用铲子不停地挖掘。

优花和王妃为了确定他们不是食人族，用蔓草遮住脸庞观察。

男人们在全神贯注地工作。

很快，唯一一个戴着帽子的、像是组长的人下令道："休息！"

男人们扔掉铲子，有的坐下来，有的伸懒腰。

"为了鼓舞干劲儿，我们来唱首歌吧。唱什么好呢？"

大家异口同声地叫道："吝啬老爷。"

"好，就唱它！"

王妃本以为领唱的人只是吆喝吆喝，没想到这位组长竟然取出一只口琴，让王妃刮目相看。

法国民歌的曲调飘了过来。满脸胡子的男人们嗓门粗大地唱起来：

九月老爷

在淡蓝色的雨衣里

紧握着淡蓝色的存款单

159

这时一个粗嗓子的男低音唱道：

> 收好，收好
>
> 不能让人看见

然后又是合唱：

> 九月老爷
>
> 喜欢秋风和蝈蝈的挽歌
>
> 他发牢骚说
>
> 冬天要到了，开支不小啊

男低音接着唱：

> 蚂蚁啊，不要分给他
>
> 否则会吃亏

所有人齐唱第三段：

九月老爷

只买一张票

领来半打台风儿子

上了特快大风号

男低音手舞足蹈地唱道：

放心，放心

你们看起来还像幼儿园的孩子

接着所有人用更洪亮的声音齐唱道：

所以，九月老爷

是有钱人

所以，九月老爷

是有钱人

"哈哈哈，我明白了。"王妃对优花说，"我们来到九月了。他们是监狱里的囚犯。你瞧，那个淡蓝色的粗布衣裳，我听变色龙首相说起过，九月之城里有座监狱。"

"啊？真可怕。"优花说，"我们还是逃跑为妙。"

"不要跑。"白银王妃说，"并非是我不害怕那帮家伙，而是雨林比他们更可怕，况且还有看守盯着他们呢。"

然后，白银王妃来到河边喊道："喂！喂！"

穿透力强大的女声，让胡子拉碴的男人们吓了一跳，都朝这边转过身。

"能用船载我们一程吗？"

男人们把脑袋凑在一起商量了一会儿，很快，组长一个人划着船过来了。

"赶快上来！"身穿囚服、头戴囚帽的组长说。

他的脑门上有一个蝮蛇的文身。优花和王妃看得毛骨悚然，可事到如今已无他法。

她们俩战战兢兢地上了船，船就朝着众囚犯所在的河中沙洲驶去。

"哎呀，天哪！"船刚靠岸，白银王妃就惊叫起来。

沙洲上堆放着淡蓝色的美丽石头。他们挖掘的，是绿松石的原矿石。

"你们不用吃惊，也不用羡慕，这些全都属于典狱长。"组长可怜巴巴地说。

"典狱长？你们监狱的？"

"是啊，就是那个秃顶老头。"

"死老头。"

"吝啬鬼。"

大家纷纷斥骂。

"那么，你们现在就要回监狱啦？"王妃确认道。

"当然。"组长说，"不然还能逃到哪里呢？除了监狱，就只有雨林。来吧，大家赶快把石头装上船！"

男人们把绿松石搬到船上，船底陡然下沉了不少。

"姑娘们，你们为什么来这里？"组长问。

"我们来参观。"王妃假装若无其事地回答。然后，她更加装模作样地补充道："因为我是女议员。"

"啊？"组长吃惊地说，然后再也不开口了。他警惕起来，生怕自己不小心说错了话。

船一连五天逆水而行。

优花和王妃这才明白，她们逃离了什么样的险境。如果那时候没有上船，她们恐怕已经在可怕的雨林里被毒蛇咬死或者饿死了。

第六天早晨，眼前终于出现了辽阔的耕地。大河在那里分成了两条。

船沿着狭窄的那条河逆流而上，很快就看见淡蓝色的城墙横跨于河面上，威严耸立。墙上飘着几百个同样面孔的玩具气球和广告气球。他们好像是看守。

入口处写着"九月监狱"，有淡蓝色封皮的《六法全书》① 持枪站岗。

"那些女人是怎么回事?"《六法全书》问道。

王妃昂首挺胸地回答:"典狱长在干什么? 为什么不出来迎接? 我是前来视察的国会议员!"

《六法全书》大吃一惊,赶快打电话联系。

船穿过水门,来到了褪色的淡蓝色建筑物正面,停靠在码头上。

在左右两个大个子看守的陪同下,典狱长已等候在那里。

正如组长描述的那样,他是个秃头,门牙缺了一块,一看就是个坏心眼的吝啬鬼。

那家伙瞪着淡蓝色的眼珠子盯着王妃她俩。

"我本想说欢迎光临,但是我的眼睛可没有瞎! 来人啦,把这两个女骗子抓起来!"

大个子看守立刻牢牢逮住优花和王妃,让她们无

---

① 这里指将一些主要法典编辑在一起的法典合集。

165

法动弹。

"把她们关进三号牢房！我给国会打了电话，压根儿就没有什么议员巡视！懂了吧？"

大个子男人把两个人绑起来扔进了牢房。

那里无论是天花板、地板、墙壁，还是铁架子，所有的东西都涂成了淡蓝色。

看守婆婆进来，只给了两个人一个饭团子。

"想要两个，你们就分开住吧。因为这里有规定，一个房间只发一个饭团子。"看守婆婆说。

"我要疯了。"白银王妃打量四周说，"满眼都是这种淡蓝色！"

"你不知道吗？"看守婆婆说，"淡蓝色的油漆是最便宜的。"

"真的？"

"你们不知道牵牛花吧？那是女囚犯栽培的，每天都开成千上万朵淡蓝色的花。染料就是用它们做的。还有，雨林里有成片的赤杨林，那里聚集着几亿只非常美丽的淡蓝色绿尾大蚕蛾。听说，林子下面累积的绿尾大蚕蛾的淡蓝色鳞粉，高达三厘米厚呢。淡蓝色油漆就是用收集的鳞粉制作的。所以典狱长那个吝啬鬼才把所有东西都涂成淡蓝色的。"

"他真是吝啬得一毛不拔啊。"王妃说。

这时候，她们听见一个男看守摇晃着铃铛"丁零零"四处走动。

"那是什么信号呀？"优花问。

"掏耳朵的信号。"

"掏耳朵？"

"对呀，典狱长什么都不浪费，他马上就会来这里，把你们的耳屎掏走。"

"什么？耳屎？"就连王妃的声音也变了样，"掏耳屎干什么呀？"

"集中起来当作牵牛花的肥料呀。"

"啊？"就在她们目瞪口呆之际，秃头典狱长已经穿着一件淡蓝色的衬衫进了两人的牢房。

他就像个采矿工，脑门上戴着一盏灯，手拿九种大小各异、形状不同的挖耳勺。

"来吧，假议员，把你的耳朵伸过来。"典狱长说。

典狱长左手拿个杯子，里面攒着好几十个人的耳屎，就像面包屑一样。

"哟，有一个大家伙！"典狱长高兴得忘乎所以，也不管王妃喊疼，一个劲儿地又刮又挠。

他足足掏了二十分钟，搞得王妃耳垂通红。

下一个轮到优花。

白银王妃捂着耳朵，一直安慰叫疼的优花，忽然，她发现典狱长左手的杯子里有金粉在闪闪发光。

王妃顿时心中一颤。

那是大王的！那是黄金大王的耳屎。也就是说，黄金大王也和王妃一样，被抓起来关进了某间牢房。

第二天早晨，王妃和优花四点钟就被叫醒去工作了。

她们要把那些男人采来的绿松石打磨成美丽的

宝石。

王妃和优花把其中一颗打磨得最漂亮、最大块的宝石藏在了头发里。

到了中午，看守婆婆送来了一个饭团。

王妃问婆婆：

"比我们略早一些来到这里的男人，关在哪间牢房呢？"

"我哪里知道！"婆婆说。

"如果你告诉我，我就把这个送给你。"优花从头上取出美丽的绿松石。

"嗯……"婆婆改变了注意。

"在十六号！快，把石头给我。"婆婆说着一把夺走了石头。

接下来的每一天，王妃和优花都一边打磨石头，一边思考如何才能见到大王。虽然知道了大王在哪里，可是没有牢房的钥匙依然无济于事。

三天，四天……日子在无计可施中溜走。

又一周的星期三，典狱长又来掏耳朵了。

这一次，典狱长手里捏着很厚的一叠信件。那是囚犯家属寄来的信件，里面满是鼓励与祝福的话语，是囚犯们最期待的东西。

"来吧，把耳朵伸过来。"典狱长抓住王妃的耳朵对王妃说，"没有任何人给你们写信。在这种情况下，你们得先从这里寄信出去。你们去买邮票，还有信封、信笺纸。"

王妃依言买了邮票。

"十日元的邮票在这里要卖三十日元，信封一个五十日元。"吝啬鬼典狱长说。

原来，吝啬鬼典狱长还通过向囚犯高价销售商品来赚钱。

"啊——"优花的脑子里冒出一个好主意。

当天晚上，优花对王妃耳语道："我们给十六号的黄金大王写信吧。"

"那样做立刻就会露馅！"王妃说，"所有的信件典狱长都会查看。"

"那就是我的目的。"优花详细地讲述了计划。

第二天早晨，典狱长像往常一样来收囚犯们要寄出的信件，并开始阅读。

其中一封信上写着"请看邮票反面"的文字，犹如暗号，因此典狱长兴奋不已地蘸上水，把那封信的邮票轻轻揭下来了。然后，他发现那张邮票下面还有一张邮票，而揭下来的那张邮票反面写着："请看下一张邮票的反面。"

第二张邮票用胶水粘得牢牢的，吝啬鬼典狱长费了好大的劲儿，才把第二张邮票完好无损地揭下来了。他一看反面，上面写着："傻瓜典狱长，您辛苦了！"

囚犯们用这种方法捉弄典狱长，消遣解闷。

但是，典狱长没空生气，因为他发现了一封真正重要的信件。信上写着："我们宁死也要保守那个秘密！"

那是三号牢房写给十六号牢房的。

"哼，这下子有意思了。我一定会让你什么都招了！"典狱长用力一甩他引以为傲的水牛皮鞭子，鞭子发出"啪"的一声巨响，他命令看守道："把三号房间的女人和十六号房间的男人都带来这里！"

"好极了！"被典狱长叫来的王妃和优花内心高兴不已，但表面故意装出哆哆嗦嗦害怕的样子，极不情愿地被拉进典狱长办公室。

这时候，一个身穿囚服、长着金色眼睛的人沿着长长的走廊来了。

果然是大王。

大王和王妃时隔百日再次相见，都露出了笑容。

两个人都十分高兴。优花见此情景放下心来。

典狱长瞪大眼睛盯着他们三个人，把信摊在他们面前叫道："秘密是什么？快说！否则没有好下场！"

然后，他拿起鞭子在地上一抽，想用抽打鞭子发出的巨响威吓他们。

"我说！"优花道，"秘密就是……"

“啊，优花，别说！”王妃故意心有不甘地瞪着优花。

“你这个女人，闭嘴！”典狱长狠狠地给了王妃一记耳光，故意温和地对优花说：“来吧，快说，你是个好孩子。”

“我说。秘密就是，我们三个人发明了一种药水，可以擦掉邮票上的邮戳。”

“嗬……”典狱长大吃一惊，用手摩挲着后脑勺。

大家都一声不吭。

没过多久，吝啬鬼典狱长忽然叹了口气，发自内心地感叹道：“哎呀，这是震惊世界的大发明啊。要是这样，我就可以把每天早晨从囚犯那里收来的几百封信上的邮票全摘下来，再卖一次。”

“没错！”王妃说，“我们就是凭借这种药水变成大富翁的，在被抓起来之前。”

“好，那你们快点儿把这个药方教给我。”典狱长在地上把脚跺得咚咚响。这是他的坏习惯，他每次迫不及待时都会这样做。

王妃对大王使了个眼色，然后说："说起制作药水，这需要绿尾大蚕蛾那世间罕有的淡蓝色翅膀。"

"绿尾大蚕蛾？太巧了。那种蛾子怎么算得上稀罕呢？"典狱长高兴地说，"我知道有片树林，里面的绿尾大蚕蛾要多少有多少。"

"那你把我们三个人带到那里去吧，我们可以在那里给你展示如何制作邮戳消除药水。"

"好，我们这就出发！"

典狱长打电话给看门人，说自己马上要出门，命令他准备好摩托艇。

很快，三个人就和典狱长一起坐上了淡蓝色的摩托艇。

"你来开！"典狱长对大王说。

大王摇摇头："我没有摩托艇的驾驶执照，如果我这样做，又会多一项罪名。"

"那你来！"典狱长对王妃说。

白银王妃摇摇头："我都撞了五次了，我可不愿意再来一回。"

典狱长看看优花，可是才七岁的优花也没法驾驶。

没办法，典狱长坐到了驾驶座上，摩托艇立刻激起水花驶出了城门。来到了大河，摩托艇继续往上游驶去。

王妃和大王通过眼神交流商量妥当后，大王突然用手比画成手枪的形状，紧紧地顶在典狱长的背后。

"快停船！"

典狱长吓得肩膀一哆嗦，听话地关上了发动机。

"站起来！"大王命令道。

典狱长两腿发软，哆嗦着站起身。没想到他竟然胆小如鼠。

"跳到河里去！不愿意的话我就给你一枪！"

典狱长害怕得动弹不了。王妃在他的屁股上推了一把，他才像从梦中惊醒的动物一样，"扑通"一声跳进了河里。

"一切顺利!"

典狱长向岸边游去。一条几米长的巨大水蛇看见了他，悠然地追了上去。

"救……救……救命啊!"典狱长拍打着水花，声嘶力竭地呼喊。

"好可怜呀!"优花说。

于是大王开船靠近典狱长。

王妃捉弄典狱长说:"给我一百日元，我才救你。"

典狱长一听这话，右手划水，左手从胸前的口袋里掏出钱包，灵巧地打开，露出了好几张一万元的钞票。

"不行啊! 我没有一百日元!"

优花不由得捧腹大笑。

吝啬鬼典狱长一边游一边又说:"不救我也没关系，扔给我一块板子吧。"

"板子一块十日元。"大王说。

"十日元?"典狱长呻吟起来。然后他又取出钱包看一眼，可怜巴巴地问："八日元卖给我吧。八日元行吗？"

"不行。"

"很遗憾，那就算了吧。我不求你们了。"说完，咨啬鬼典狱长就像水车似的划动双臂，终于在水蛇追上他之前到达了岸边。

"好吧，那我们也出发吧。"大王坐在驾驶座上，发动了摩托艇。

河面渐渐变窄，水流也湍急起来。

第三天，一帘巨大的瀑布最终挡住了三人的去路。

宽三十米、高五十米的瀑布发出"轰隆隆"的声音震动四周，飞泻而下的水花犹如暴雨。

三个人把摩托艇停靠在岸边，决定先沿着绝壁爬上去，再把摩托艇拉上去。

三个人踩着滑溜溜的青苔，抓着藤蔓，好不容易才爬到瀑布上方的岩石上。

然后，他们动手拉拽事先绑在摩托艇上的绳子。

然而，摩托艇卡在树枝上，怎么都拉不动。

四周已经暗下来了。

"这下可难办了。"

忽然，他们看见树枝上停着一只淡蓝色的大飞蛾。

那只飞蛾比人的手掌还要大，翅膀上有圆形的图案。

那就是绿尾大蚕蛾。

优花说："绿尾大蚕蛾先生，请帮帮我们。"

"你们再等一小会儿。"绿尾大蚕蛾说，"天一黑我就叫大家来帮你们搬。"

太阳西沉，雨林深处传来吼猴"喔，喔"的叫声，让人毛骨悚然。猫头鹰也开始鸣叫。很快，月亮升起来了。

"啊，玛丽姐姐。"优花指着天空。

好几千只，不，好几万只绿尾大蚕蛾正在一起飞舞。

在这夜空，银河犹如天空中的白色腰带，绿尾大

蚕蛾的翅膀沐浴在月光下，闪耀着神秘的淡蓝色光芒。

绿尾大蚕蛾在大家的头上一遍又一遍地盘旋，很快就降落到瀑布的深潭上，抓住摩托艇飞起来。

"太好了！"优花和王妃都开始鼓掌。

"谢谢，绿尾大蚕蛾先生！"

大王问王妃："有什么东西可以做谢礼吗？"

"啊，有呀，"优花想起来，"我记得玛丽姐姐的脑袋上还有剩下的绿松石。"

"嗯……咦？"王妃不太情愿地应了一声，舍不得给。

大王笑起来说道："看来，你受那位吝啬鬼典狱长的影响很大呀。"

听到这话，白银王妃也笑起来，她把绿松石送给了绿尾大蚕蛾。

11.
不倒翁老爹

第二天早晨，三人驾驶着摩托艇来到了一个地方，一座朱漆大牌坊映入了眼帘。从这里开始就是十月之城了。

三个人在快到牌坊的地方停下摩托艇，换好了衣服。

优花穿着朱红色的天鹅绒连衣裙，白银王妃穿上了红色宽领的两件套裙装，大王则换上了深红色的长袍。

"都到这里了，不去看看有名的红叶谷晚霞就太可惜了。我给优花也添了不少麻烦，作为谢礼，我领优花去看看蜡笔王国三景之一的红叶谷吧。"大王说。

第二天和第三天都是秋风送爽，空气冷冽清新，天空也湛蓝晴朗。舒适愉快的水上旅行还在继续。

一天傍晚，登上陆地的三个人到达了蜡笔王国三景之一的红叶谷，有很多观光巴士停在那里。

"哇!"优花不由得叫起来。

犹如屏风一般宏伟的山峰峡谷，是名副其实的锦秋风光。枫树、木蜡树、漆树、银杏树、榉树……所有的树叶都红彤彤、金灿灿的，耀眼炫目。每一片树叶都仿佛是"红"这种颜色的样本，各自有着细微的差异。

天空中也飘荡着美丽的晚霞，金色、橙色、红褐色、紫色交织在一起，如同一面幻彩的镜子映照着锦缎一般的山峦。

山峦的红，实实在在，伸手可触，而天空的红，却仿佛轻轻一碰就会消失的梦幻世界。

溪流潺潺流动，在深不可测的谷底闪耀着半透明的淡蓝色波光。这流水最终也许会经过九月监狱，再汇入大海。

眼前立着一块红黑色的石碑，上面刻着一首和歌：

枫叶随波来

如艳红浪涛

游人徘徊

眷恋这景色

这石碑看上去像一块玛瑙。

观景处的游客非常多，其中头戴尖顶帽的小矮人们很显眼。

三人沉醉于美景，不知不觉中晚霞已经消失。就在这时，"啊！"一声孩子的惨叫响起。

回头一看，你猜怎么了？原来是小矮人的孩子想要摘枫叶，谁知脚下一滑摔下山谷，悬空挂在了山崖中段的树杈上。

"不要动!"大王高喊着跑过去。

大王使劲儿伸长手臂,好不容易抓住了孩子的衣领。

"谢谢!"小矮人的母亲紧紧抱住安然无恙的孩子,流下了热泪,"你们是我儿子的救命恩人。这个月十八日是这孩子的生日,请一定来参加他的生日会。"

"好的。"王妃回答道,轻轻捅了捅优花,小声说:"优花,你看这位太太的项链,那是极好的红宝石哟,是缅甸抹谷产的。他们一定是大富翁。"

必须在城里住上几天的三个人,雇了一辆车送他们到旅馆。

汽车驶上了十月之城热闹非凡的大街。他们经过好几条街巷,有的叫作中秋明月路,有的叫作松茸横街,最后,停在了一座二层木结构的小楼前,小楼夹在一栋破旧的橙色大楼和一座仓库之间。

系着围裙的金鱼阿姨脚步蹒跚地摆着尾巴迎出来,

领他们上了二楼。

低矮的天花板，脏兮兮的墙壁，这里怎么看都只是廉价的出租公寓。尽管如此，逃出监狱后一直乘船的优花，依然感到这破旧的榻榻米比什么都让人眷恋和高兴。

"隔壁橙色的建筑物是什么?"大王指着那栋破旧的房子问。

金鱼奶奶回答道:"那是邮政局的宿舍。结束工作的邮筒们快要陆陆续续从城里回来了。"

"那个仓库模样的房子呢?"优花问。

"是不倒翁的储酒仓库。"

在他们一问一答的时候，王妃一直在发呆，似乎被别的什么东西占据了脑海。然后，她渐渐地变得闷闷不乐。

很快，就像金鱼奶奶说的那样，筋疲力尽的邮筒们从大街上陆陆续续回来，进了王妃他们旅馆的隔壁。可是王妃连看都不看一眼。

"你怎么了?"大王留意到这一点,问道。

"我很忧郁。"王妃情绪低落地说,"就算小矮人请我去他们的大宅子,我也没有可以穿去的衣服。哪怕有颗宝石也好啊。"

接着她忍不住嘟囔道:"要是送给绿尾大蚕蛾的绿松石还在就好了。把它做成项链坠的话,就可以和小矮人太太的项链媲美了。"

"没办法呀,都已经送出去啦。"大王安慰道。

王妃见他态度温和,反倒耍起小性子,生气地

说："事情搞成这样，全都怪你！你就不该多嘴！绿尾大蚕蛾又没问我们要东西！"

"别人救了我们，表示感谢是理所当然啊。"大王说。

"可是，还是怪你不好。"白银王妃说，"就因为你笨手笨脚，才把摩托艇卡在树上动不了的。"

大王默不作声，没有说一个字，脸色阴沉了下来。

第二天，白银王妃说要上街买宝石和衣服，便专心致志地化妆。王妃是一个出门买化妆品，都要先用心装扮的人。

早就做好准备的大王着急起来，一遍又一遍地看表。

就在这时，电话铃响了，是小矮人夫人打来道歉的。她说，孩子当时受惊过度，发烧了，还没有彻底康复，因而生日会只好取消，非常抱歉。

白银王妃大发雷霆："她肯定是不想邀请我们，才撒那种谎的。吝啬鬼小矮人。"

"你不应该说这种话。"大王说。

第二天早晨，优花醒来，没看见大王，只见王妃把脸埋在简陋的桌上哭泣。

"怎么了，玛丽姐姐？"

"你看看。"王妃把大王留下的字条递给优花。

　　白银啊，我这几天和你一起生活，发现你的坏毛病已经改了不少，让我又惊又喜。可是，昨天我发现你还有些毛病没有改。你耍脾气，责怪我把绿松石送给绿尾大蚕蛾；花了三个小时化妆；小矮人取消宴请的时候，你又怀疑别人用心不良。随意责怪别人，疑神疑鬼，化妆要花三个小时。这三点你还没有改掉。在你改正之前，我是不会跟你回城堡的。再见！

"哎呀，都怪优花！"白银王妃生气地说，"你居然在睡觉，没注意到大王离开！而且，当时提到绿松石的人也是你!"

优花也生气了。但是如果此刻两人吵起来,玛丽姐姐就更孤单了,想到这里,优花只好压抑着怒火,不理睬王妃。

"总之,我们要把寻找大王放在第一位。"

两个人花了一整天时间,找遍了城市的每一个角落,两条腿都走得发软了,仍一无所获。

傍晚时分,当她们筋疲力尽地回来时,不倒翁酒家的老板在鱼店前叫住了她们。

"我说,如果是你们,今晚打算吃什么当作下饭菜呀?"

"什么?"白银王妃诧异地问。

"哦,不好意思,我这样问,是因为我连自己想吃什么都搞不清楚。"

"那你就吃炸虾吧。"优花说完这话,和王妃迅速地回到了房间。

当天晚上,她们实在太累,睡得又香又沉。到了半夜，一股奇怪的气味惊醒了优花。

是一股煳味。

她跳起来一看，只见左侧的窗户猛然间变得亮堂堂。

窗外红彤彤，明晃晃，还冒着白烟。

"哎呀！着火了！着火了！"

优花掀开王妃的被子，把她拍醒。

"酒家着火了！"

两个人连滚带爬地下了楼梯，看见金鱼奶奶瘫坐在电话前，只见她的嘴巴在"呼哧呼哧"地蠕动，听不清她在说些什么。

"你给消防队打过电话了？"

金鱼奶奶的假牙掉了，她从嗓子眼里挤出奇怪的声音说："电话，电话。"

"你别着急，奶奶，听筒拿反了。"

正说着，整个房间都烟雾缭绕，大颗大颗的火星子噼里啪啦地飞进来。

三个人手拉着手来到大街上的时候，房子已经全部着火了。

大火烧着了金鱼奶奶的房子，又蔓延到邮政局宿舍。

"呜——呜——呜——呜——"消防车一路鸣着警笛赶到了。

消防员们是背上长着翅膀的天狗。

"救命啊！"

邮政局宿舍的三楼、四楼上，邮筒们把身体从窗户探出来。

火焰已经包围了楼梯，他们下不来了。

天狗消防员们拍着翅膀，"吧嗒吧嗒"飞起来去营救邮筒。可是有的邮筒等不及了，从楼上跳下来，摔得稀里哗啦。

"火源在不倒翁酒家。"

"消防员还是来得太晚了。"

"不，是通知消防队通知得太晚了。"

看热闹的居民们议论纷纷。

天亮时分，大火终于扑灭了，但好几十间房子都被烧毁了。

火灾之后的焦土上迅速搭起了帐篷，红十字的救援活动开展了起来。

苹果、柿子之类的慰问品堆得像山一样高，头上缠着绷带的邮筒们站着狼吞虎咽地吃苹果。

因为火灾而无家可归的居民，都在生不倒翁酒家那位不倒翁老爹的气。

据说，不倒翁老爹用小炉子的炭火炸大虾，火星子蹿到了油里，紧跟着火势就大了。然而，惊慌失措的不倒翁也许是想独自把火灭掉，所以既没有打电话，也没有叫喊，只是急得团团转。

可是，不可思议的是，人们在路上遇见不倒翁老爹时，非但没有责备他，还笑眯眯地一个劲儿对他鞠躬。优花向金鱼奶奶打听缘由："为什么大家不起诉不倒翁老爹呀。"

"因为不倒翁有很多律师朋友。就算是打官司，也很难赢他。"

第二天，优花和金鱼奶奶收到了法院传票。打开一看，她们大吃一惊。不倒翁老爹竟然起诉了优花和金鱼奶奶，说她们应该为火灾负责。因为是优花劝他吃炸虾，才引发了火灾。而不倒翁没有手，拨不了电话，是金鱼奶奶给消防队打电话打得太晚了，火灾才蔓延得这么严重。所以，这次火灾都是她俩的错。

"太狡猾了！"

优花怒气冲冲，金鱼奶奶却开始为逃跑作准备。她说反正也赢不了不倒翁老爹，如果开始打官司，没有法院的许可就不能随便离开了。可是，优花她们眼下必须寻找大王，如果不能离开就麻烦了。

"看来，我们也该逃跑啊，优花。"白银王妃也这么说。

于是，在当天月色皎洁的夜晚，她们和金鱼奶奶三人一起举行了一个小派对。

金鱼奶奶注视着火灾后的焦土，唱起了自古就流传在这座城市里的摇篮曲，是歌唱凄凉秋季的。

红蜻蜓，飞来飞去

为何抓不着

都怪天空太蓝也太大

小螃蟹，扑哧扑哧

为何横着走

都怪妈妈不好

爸爸也不好

枫叶，飘来飘去

为何还在纷纷落

难道怪风吗？

冬天要来了

12.
迷路

一早一晚越来越寒凉。

走进树林，尽管没有风，茶色的叶片也不断飘然落下。阳光不再刺眼，变得柔和了。

优花和王妃必须换上茶色的外套。

有一天，穿过杂树林，她们看见一座岩石建造的围墙。

那里好像是一座小村庄，里面飘出热闹的歌声。那是曼波舞曲活泼轻快的旋律。

啦啦啦，啦啦啦，啦啦啦

油豆腐盖饭，油豆腐盖饭

找到松茸说

原来这家伙是毒蘑菇

我可不上你的当，我可不上你的当

嘿嘿曼波，嘿曼波

啦啦啦——

木琴敲打得喧嚣震天，螺号吹得就如大象在号叫。

啦啦啦，啦啦啦，啦啦啦

骆驼同学，骆驼同学

照照镜子说

这个肿包哪里撞的呢

抹点儿红药水吧，贴上创可贴吧

嘿嘿曼波，嘿曼波

啦啦啦——

啦啦啦，啦啦啦，啦啦啦

十一月，十一月

歪着脑袋问一问

我是秋天，还是冬天呢？

这可不知道，这可不知道

嘿嘿曼波，嘿曼波

啦啦啦——

"这帮村民真快活呀。"优花想要进村。

"嘘!"白银王妃使劲儿拽住优花。然后，她一言不发地指着头上那块大岩石。那里贴着一张海报。

海报上画着一位头戴银冠的美女，双手被绑着，一行字斜着写道："杀死王妃!"

白银王妃脸色大变。两个人连忙默默地折回树林，沿着另一条路朝南方走去。

"那一定是变色龙首相的密令。"王妃忽然愤懑地说出一句话来，"因为我没有把大王带回去，所以他等得不耐烦了，就下了这样残酷的命令。"

"我不相信。"优花说。

"不，我清楚得很！"王妃斩钉截铁地说，"如果我死了，大王就会回到城堡。因为他没有必要再逃离了，而且最重要的是，他必须为我举行葬礼。"

"你想多了。"

"可是，已经十一月了。如果年底以前不能把大王带回城堡，蜡笔王国就会灭亡。到那时，全世界都会失去颜色，变得像影子一样暗淡。与此相比，牺牲我一个又有什么关系呢？最终还是为了这个世界，为了人类，仅仅是银色从世界上消失，谁都不会为此难过。"

"谁说的？我就会难过。"优花说，"我画火箭的时候，总是用银色。"

"奉承话我已经听够了。"王妃愁眉苦脸地说。

走着走着，树木变得越来越稀少。她们来到了一片圆形的空地，像是森林动物们玩耍的地方。

有十一条狭窄的道路从这里展开，犹如扇子骨一样。

"那么……"王妃自言自语地停下脚步。

左手边的草丛中出现了一只茶色的鸟儿，他拉着一辆两轮车，上面堆放着他的家当。一群小雏鸟在两轮车后面推。

茶色的鸟儿像是一只鸽子，但是看上去比鸽子更聪明潇洒。他招呼两人说："你俩我没见过呀，这是要去哪里呢？"

心情不佳的王妃说："你这只鸟我也没见过嘛。你叫什么？"

"十一。"鸟儿说。

"你的耳朵有问题吗？不用你说，我也知道现在是十一月。"王妃愤愤然地说，"我是问你的名字，你叫什么名字？"

"十一。"鸟儿重复道。

"我没问你的年龄，我问的是名字。"

"十一。"鸟儿重复了第三遍。

优花数数小鸟，有十一只小雏鸟。

"玛丽姐姐，这只鸟搞错了你的问题。"

"我们走吧，这只傻鸟是不可能知道我们应该走哪条路的。"

"十一！"鸟儿也大发雷霆。

王妃她们选了最左边的那条路向前走。它正好对应茶色鸟儿告诉她们的"十一"，是第十一条路。

这只鸟是杜鹃的一种，叫作棕腹杜鹃①，所以他并不是一只傻鸟。

可是，多疑的王妃却对优花说："这样看来，我们被盯上这件事，就更明确了。一定是那只鸟接到了命令，所以无论我们问什么他都不回答。说不定他还会跟踪我们呢。"

---

① 棕腹杜鹃在日语里的发音和"十一"相同。

但是，第二天中午，两个人又来到了之前的那座岩石围墙前。

她们绕了一大圈，又回到了同样的地方。这下可耽误太多时间了。

"我们走错路了。"王妃虽然嘴上这样说，但她连向后转的力气都没有了。

她们只好坐在地上歇息一会儿。就在这时，对面跳过来一只身高超过两米的大袋鼠。

袋鼠戴着高度近视眼镜，系着羊绒围巾，蹦一下就有四米远。她不慌不忙地向这边"嘭、嘭"地跳过来。

即使是袋鼠，也不能掉以轻心。王妃和优花躲到了岩石后面。跳过来的袋鼠是一位和蔼可亲的阿姨，肚子上的口袋里有两只系着蝴蝶结的袋鼠宝宝，正露出半张脸，昏昏欲睡。

"咪咪呀，露露呀，"袋鼠妈妈停下来歇口气，"今天晚上我们吃什么菜呢？炸牛肉薯饼，还是买鱼饼来做关东煮呢？"

"巧克力好！买巧克力！"孩子们用又尖又细的声音说。

"真是的！早晨刚给你们买过！"袋鼠责备道。

"有了，"白银王妃一拍手掌对优花耳语道，"好机会，好机会，我们钻到袋鼠的肚子里去吧，装成她的孩子！"

于是，两个人就像虫子似的，慢吞吞地爬到袋鼠脚边。

真是个大家伙！

两个人有点儿胆怯了，但是她们鼓起勇气，数着"一、二、三"一起站起来，把袋子里的婴儿抓出来，自己则迅速地跳了进去。

袋子剧烈晃动。

"你们又在打架吗？"袋鼠说，"别胡闹，我给你们买巧克力。"

然后，近视眼袋鼠就"嘭、嘭"地跳着进村了，丝毫没有发现自己的孩子已经被扔到口袋外面去了。

两个人在柔软温暖的袋鼠口袋里相视一笑。虽然这不是什么优雅的笑容，但心情终归是舒畅的。

不一会儿，袋鼠说："咪咪呀，露露呀，该喝奶了。不喝奶的孩子，妈妈是不给买巧克力的。"

袋子里有四个细长的袋鼠乳房。可是，两个人都没有勇气吮吸这些就像棍子一样的东西。

"咪咪！露露！"袋鼠发出了可怕的声音。

"优花，快喝！"王妃捅捅优花，"你不是前一阵还在喝妈妈的奶吗？"

"啊？你真没礼貌，我是小学二年级的学生了。玛丽姐姐喝！"

"你们两个磨磨蹭蹭地在说什么呢？"袋鼠想朝口袋里看。

不能再磨蹭了，两个人吸住袋鼠的乳房开始大口大口地喝奶。

"不错，不错，今天挺有劲儿。"两个人吸奶的力量让袋鼠很高兴，"要是你们总像这样喝奶，就会长得很快哟。对了，我刚才就觉得你们好像一下子变大了很多，妈妈今天好累呀。"

突然，耳边传来嘈杂的声音。应该是已经进村了。

袋鼠一会儿去蔬菜店，一会儿上肉铺，开始买东西。

"咪咪，要什么巧克力呀？"袋鼠问道。

优花突然说："巧克力棒！"

王妃捏住鼻子说："我呢，要俄罗斯巧克力，俄罗斯巧克力。"

"俄罗斯巧克力？"袋鼠大吃一惊，"你在哪儿见过那种东西啊？我怎么都不知道。"

可是袋鼠还是给她们买了巧克力棒和俄罗斯巧克力。

两个人在口袋里剥开锡纸吃掉了。

"不要这样，咪咪！"白银王妃开始了多余的表演。

优花也得意忘形，说道："妈妈，妈妈，露露拿走了我一根巧克力！”

“又吵架了呀。”袋鼠生气地说，“露露，你这一早晨都在找碴儿呀。你今天表现得太差了。我得打打你的屁股，赶快露出来。”

优花和王妃闭上了嘴。

“露露！”

“谁是露露来着？”王妃低声问。

“玛丽姐姐是露露，我是咪咪呀。”

王妃心想，糟了。可是，如果自己磨磨蹭蹭，引来袋鼠疑心查看就麻烦了。于是她露出了屁股。然后，在屁股上巧妙地竖起一只手，比画出尾巴的形状。

袋鼠想要打屁股，却碰到了王妃的手，吓了一跳：“哎呀，露露！你怎么了？尾巴尖受了这么重的伤！都裂成五瓣儿了！”

“是啊。”王妃伤心地说，“被大灰狼咬的。”

“那可不得了。”袋鼠跳进了附近的药房。

“请给我一瓶碘酒。”然后，她把碘酒倒在大手心上，黏黏糊糊地涂满了王妃的整个手掌。

"真可怜呀，连毛都秃了。"袋鼠说着，碰到了王妃的手指甲，更是大惊失色道："哎呀，这是还扎着石子儿了吗？……必须请医生看看。"

要是被带去医院就完了。

两个人从口袋里露出脑袋环视周围。这座村庄很热闹，四处走动的村民都是茶色皮肤。不能再蒙骗袋鼠了。

两个人瞅准旁边有竹丛的地方，从口袋里果断地跳出来。

"哎呀，露露，咪咪!"袋鼠喊道。

"不想去医院!"两个人紧紧地缩在竹丛后。

"出来! 露露，咪咪!"袋鼠在那边团团转，又在这边窜来窜去。

两个人认定了不动为妙，都屏息静气。

不一会儿，真正的咪咪和露露从对面哇哇大哭地追上了母亲。

"妈妈！妈妈！"

袋鼠赶紧把她们抱起来。

咪咪和露露在口袋里一坐稳，就说："快点儿给我们买巧克力！"

"哎呀！不是刚刚给你们买过了吗？"

咪咪和露露挨了狠狠的一顿骂。

天黑了，王妃和优花蹑手蹑脚走出竹丛，来到路上。

用泥巴和牛粪搅拌在一起建造的房子，就像三角形的小金字塔。每家每户都有猎犬。每当猎犬吠叫，两个人就像毒箭穿心似的心头一紧。

她们刚走出村子，便来到了一片泥泞的冻土地带。

越过这片冻土后，两个人都变成了泥娃娃。然而没想到，她们眼前出现了一座更大的村庄，入口处同样张贴着"杀死王妃"的海报。

白银王妃本来绷紧身体，鼓足了干劲儿，这下子泄了气，软绵绵地一屁股坐在地上。

"我们干脆拿铲子把地面挖开，来个地道战吧。"
优花说。

王妃也赞成这样做，于是优花趁着夜色从村里偷来铲子，从泥土松软的地方开始挖。

挖了两天，她们挖到了一条砖砌的漂亮地道。正像从地面打开下水道那样，两个人进入了一条奇特的地道。

地道里还安装着电灯泡。往前走了一会儿，左边出现了一道门，明亮的灯光从门缝里漏了出来。

她们想要悄无声息地经过那道门，结果里面响起一个声音："是谁呀？要不要进来坐会儿？我刚冲好咖啡。"

两个人战战兢兢地往门缝里看。

一只鼹鼠坐在橡木做的圆桌旁，正在喝一杯热气腾腾的咖啡。咖啡香气四溢。

因为这只动物看上去并无恶意，所以优花推开了门，说："你好。"

"哟，欢迎，欢迎。"鼹鼠有点儿惊讶地凝视着白银王妃。

"奇怪，我好像在什么地方见过你呢。难道……你是王妃?"鼹鼠说到这里闭上了嘴。

然后，他又自言自语地低声说:"这不可能。"

鼹鼠在木头盘子里盛满橡子招待两个人。

"嚼着这东西喝咖啡，味道可好了。"

优花喝了口热咖啡，觉得从来没有喝过这么香的东西。可是，白银王妃没有喝。自从鼹鼠认出她是王妃，她就更害怕了。她担心咖啡里可能下了毒。

优花一下子就明白鼹鼠有一副好心肠，因此，她明明看见焦急万分的王妃不停地对她使眼色，想让她赶紧离开，也故意装作不知道。优花问鼹鼠道:"我们在找大王，但是完全不知道该往哪里走。"

"我听说大王去十二月之城了。"鼹鼠说着取来一张大地图。

地图上画有详细的地下道路图。两个人也搞清楚了目前的所在地。

鼹鼠用红色铅笔把其中一条涂上颜色，告诉她们："这就是通往十二月之城的近道。"

优花表示感谢后，和王妃回到了地道里。

来到十字路口，优花想要沿着鼹鼠热心涂红的路前进，可是白银王妃连连摆手，转去了相反方向。

"玛丽姐姐。"优花回头一瞧，王妃正惊恐地唠叨："优花的脑瓜子也不好用呀。那只鼹鼠是在骗我们呢。他认出我是王妃后，不是赶紧就闭嘴了吗？要按照他说的走，简直就是眼睁睁地撞到枪口上嘛。"

优花坚称鼹鼠并不坏，可是王妃不听她的。最后，王妃说："我们各人走各人的吧。我们之间已经很了解对方，差不多也腻了，就在这里分道扬镳也好！"优花没办法，只好按照王妃挑的路走。

那是漫长而无聊的地道。

四天之后，刺眼的白色阳光终于照射进来，她们看见了出口。

"太好了！"王妃一口气跑到了外面。优花也冲了出去。

"……"

两个人目瞪口呆。

她们又来到第一次看见岩石围墙的地方。岩石上"杀死王妃"的海报有一半已经被风撕碎，飘来荡去。

村民们依然在跳曼波舞。

"哦……"王妃绝望地抱住脑袋，但她看见对面走来两个肤色犹如黑巧克力的女人，于是连忙爬到岩石上。

女人戴着铜丝手镯和脚环，鼻子下面嵌着贝壳，耳朵上挂着念珠耳环，打扮得花枝招展，看上去像是刚从城里回来的。

"王妃真可怜啊。"其中一个女人说。

"王妃还行吧。演大王的男演员，我喜欢得不得了！"另外一个人说。

优花和王妃面面相觑，然后，她们又看看眼前的海报。两个人的脸不禁变了形。

刚开始，她们拼命忍住笑声，可最后实在控制不住，便"哈哈哈哈"地放声大笑起来。

因为海报的一角写着："中央剧场，仅限二十九日。"那是名为"杀死王妃"的电影海报。

"我今后再也不会像不倒翁老爹那样推卸责任，也不会再疑神疑鬼了。"白银王妃说。

"这样的话，玛丽姐姐的坏毛病就只剩一个了。"优花说。

"是啊，化妆要花三个小时。"王妃挺起胸脯说完，露出了可爱的笑容，"呵，呵，呵，优花，偏偏这一点我是绝对不会让步的。爱漂亮又不是坏事情。优花也这么想吧？"

然后，王妃进了村，买好了足够装两辆马车的粉饼和口红，才向十二月的大门进发了。她好像在谋划着什么。

13.

骷髅岛

　　穿过大石头门，灰色的十二月之城呈现在眼前。

　　王妃和优花穿着带风帽的灰色马海毛大衣，鞋子也统一为灰色。拉着马车的马儿也在这里换成了灰色的。

　　云层压得很低，天气微寒。这座城市高楼林立，大概是因为有很多大象、犀牛之类的大型动物。

　　白银王妃在繁华大道上租了一间店铺，开了一家名叫"白银"的美容院。

　　"我花时间化妆的时候，大王总是嘲笑我说，你看看动物，动物不化妆，可还是那么漂亮。所以，我要反驳他。动物只是不懂得如何化妆，如果懂的话，也会像人类一样买来装有三面镜子的梳妆台。哪个观点是正确的，我们可以在这座城市验证一下。"

白银王妃安装好烫发装备，举行按摩讲座，在街头宣传口红的涂抹方法。

店门口不停地播放王妃演唱的歌曲录音：

请打扮起来

在一年的最后时光

请打扮起来

在此时此刻

即便是铅灰色的天空

如果洒下雪花妆点

孩子也会高兴

狗儿也会飞奔

请打扮起来

在一年的最后时光

请打扮起来

在此时此刻

即便是石头做的地藏菩萨

系上红围裙

也更有男子气

还会更尊贵

请打扮起来

在一年的最后时光

请打扮起来

在此时此刻

很快，动物女士们争先恐后地拥进白银美容院。

"怎么样，优花?"王妃得意地说，"只要健康就算美丽的观念，在动物社会也行不通了。这下我就可以狠狠地反击大王了。"

王妃说完这话，继续热情饱满地为动物们打扮。

"玛丽姐姐，你真是个乐天派呀。"优花很担心，"我们必须赶紧找到大王。你知道今年还剩下几天吗?"

"没关系，没关系。"王妃拍着胸脯说，"我拜托了每一个来店里的动物，如果发现大王就通知我。这样比我们两个人漫无目的地寻找要高效得多。"

王妃说得对。在一个寒冷的夜晚，来做美甲的猫头鹰太太告诉她们:"老师(王妃在这里被称为美容院的老师)，我看见那个金发男子昨天晚上被一群蝙蝠绑架到坟墓岛去了。"

"坟墓岛?"

"对，那是一个可怕的地方，是这个城市的墓地，一座湖中岛。骷髅们就住在那里。据说骷髅们想要长肉变回原来的模样，就得把人绑去，吃他们的肉。听说骷髅们要把人养得胖乎乎的才吃，所以像汉赛尔①那样聪明的人，说不定还活着，没被吃掉呢。"

"哎呀，这可怎么办！"王妃脸色大变，"太太，你能告诉我们怎么去吧？"

"我当然想领着你们去呀。可是，我的眼睛只有晚上才看得见——不过，我会想办法的。"

然后，猫头鹰夫人用她纤细锐利、犹如刀刃的指甲，仔仔细细地画了一幅地图。

"对了，我们先去求求大象太太吧，大象太太可以把你们领到那里。再往下，谁合适呢？对了，对了，驯鹿的女儿认识路。"

热心肠的猫头鹰太太一边嘟囔，一边写了四封介绍信，分别是给大象太太、驯鹿小姐、豪猪姑娘和鳄鱼奶奶的。

刻不容缓。大王的生命犹如风中残烛。白银王妃

① 《格林童话》中的人物。

和优花立刻踏上了前往坟墓岛拯救大王的旅程。

首先是请求大象太太领路。

大象太太爽快地答应了，可是不知道为什么，她的背上驮着一个大盆子。

"我可以陪你们三天时间，这样你们就能到达驯鹿小姐家了。"

走了大约三十分钟，大象太太突然停下来，看看表说："哎呀，一不留神差点儿忘了，泡牛奶浴的时间到了，我必须消除小细纹，让皮肤细嫩光滑。"

大象太太把盆子放到地上，然后去附近的牛奶铺买来牛奶，开始朝盆子里倒。

不巧的是，牛奶铺里只有小瓶装的牛奶。要把能装下大象的盆子装满，是一项吓死人的大工程。

优花和王妃帮着大象太太搬运牛奶，忙得头晕眼花。

终于泡完牛奶浴，大象太太说："得睡个午觉，据说睡午觉对皮肤特别好。"

第二天，又是一轮牛奶浴和午觉。

王妃和优花简直想发火，可是又不得不请求大象太太把她们领到驯鹿小姐家，所以只能忍耐。

如果她俩自己走，一天就可以到达目的地，可是大象太太足足花了三天时间，才把她们领到驯鹿小姐居住的荒野。

驯鹿小姐也爽快地答应给她们当向导。

"到圣诞夜之前我都闲着呢。我正想和老师一起学习很多变美的秘诀呢。"

驯鹿小姐的腿形本来就很漂亮，可是她还一心一意想要让腿显得更美，好穿漂亮的高跟鞋。

因此，她走路的姿势就像捧着满满一杯水的样子，一天竭尽全力也只能走上十千米。后来，驯鹿小姐的脚底还磨出了水泡，她就走得更慢了。

就在驯鹿小姐说她当天不回去就赶不上圣诞节的那天早晨，她们终于到达了豪猪姑娘居住的树林。

豪猪姑娘用黑色的纱网把脸遮起来，矫揉造作。

害羞的她难得开口说话，从早到晚都在关注自己的头发。

"我的头发太可怕了吧？"她对王妃说，"我该用什么样的卷发器呢？设定多高的温度呢？"

从那以后，王妃必须每天用卷发器帮豪猪姑娘把头发一根一根地卷好。

就连王妃也对爱打扮的动物们失去了耐心。就在为她们做这些事情的时候，大王说不定已经被骷髅们吃掉了。

啊，我真是不该教动物们爱打扮呀。一想到这个，王妃就后悔不已，整个旅程都焦急万分。

终于到达大湖岸边的时候，已经是十二月二十九日的傍晚，今年只剩两天了。

"谢谢你。我们就在这里找鳄鱼奶奶对吧？"王妃道了谢，让豪猪姑娘回去了。

一眼望去，黑乎乎的坟墓岛阴森森地漂浮在灰色的湖面上。

黄昏时，在已经暗沉的西边天空中，犹如密密麻麻芝麻点的蝙蝠大军"嘎嘎"地鸣叫着，疯狂飞舞。

错综复杂的道路，如果没有动物的引领，她们当然无法到达此地。可是，如果她们认得路，恐怕十天前就已经到了。

来得太晚了，大王会不会已经被吃掉了呀！想到这里，王妃和优花就感到心里像是压了一块大石头。如果在剩下的两天时间之内找不到大王，那么这个世界就会失去颜色，变成可怕的一片荒芜，正如两个人眼前的湖泊。

红色、蓝色、绿色、黄色……所有颜色都会消失。

她们越想越觉得时间宝贵，一分一秒都不能站在这里白白耽误。

两个人立刻前往鳄鱼居住的湖岸。

鳄鱼奶奶也爽快地答应了她们。

但是，一听她们想立刻上岛，鳄鱼奶奶就像是听到了天方夜谭，一个劲儿地摇头："天黑以后，不管谁下水，都会被骷髅们吃掉。必须等到天亮才能下水。"

两个人别无他法，只好在鳄鱼奶奶那间风一吹就晃动的小草屋里住了一夜。天一亮，王妃就立刻叫醒了鳄鱼奶奶。

"走，走。"鳄鱼奶奶说着，迷迷糊糊地一屁股坐在梳妆台前。

她打开抽屉，取出一打口红摆好，然后睁大她昏花的眼睛，开始往大嘴唇上抹口红。

白银王妃因为强压着怒火而脸色苍白。

"求求你了，奶奶，请快一点儿。"优花说。

"你知道什么呀，女人无论多大年纪，仪表都是很重要的哟。"鳄鱼奶奶说完继续抹口红，不再搭理优花。

鳄鱼奶奶足足花了三个小时才化好妆，等她驮着两人来到岸边的时候，已经上午十点过了。

湖上笼罩着浓雾，看不见坟墓岛。

"这雾气是骷髅们睡觉时呼出来的。"鳄鱼奶奶告诉她们。

向前游了两个小时后，鳄鱼奶奶停下来了。然后，她从手提包里取出化妆盒，用一面小镜子仔仔细细地查看自己的脸。

"口红花了。"鳄鱼奶奶又开始抹口红。

这时，雾越来越浓，明明是中午，四周却越来越暗。

可怕的风刮起来了。

白银王妃对优花说："哎呀！就因为这个爱打扮的老太婆，我们恐怕已经来不及了。优花！世界在渐渐失去颜色，我们也许都会毁灭。只剩下骷髅！"

"奶奶，快一点儿！"优花在鳄鱼背上急得直跺脚，"要是来不及，奶奶也完蛋了。明白吗？"

可是鳄鱼奶奶泰然自若地说："要是那样，我就更得让自己的遗容漂亮些。"

终于，两个人好不容易到达坟墓岛的时候，已经过了下午四点。

鳄鱼奶奶慌慌张张地返回对岸了。

在石灰岩的可怕小岛上，只剩下优花和王妃两个人。

她们为了查看四周情况，爬上了一块高高的岩石，到处都是数不清的墓碑，潮湿的雾气从地底涌上来。

岛上没有一棵树，也没有一只虫子。

"大王！"优花大喊起来。

"黄金殿下！"

这时，她们听见地底传来一个遥远的声音："在这里！这里！"

的确是大王的声音。

两个人追随声音而去。

她们总算来到一个能清楚听见声音的地方。

大王在地下飞快地说："最大的坟墓旁边有一个窨（yìn）井盖。打开井盖，有一架梯子，沿着梯子下到洞底，就是骷髅们的老巢。我被绑在巢穴深处。但是，骷髅们快要起床了。今天晚上你们要藏起来，别让骷髅们发现。明天早晨天一亮，就立刻来救我。明天一天之内你们救不了我，蜡笔王国、地球就全都完了。哎呀，骷髅们已经起来了，快藏起来！"

优花和王妃飞快地伏在墓碑之间藏了起来。

没过多久，就听见地底传来嘈杂的说话声。声音一会儿在这里响起，一会儿又在那里响起。很快，一个泛着蓝莹莹白光的骷髅就从最大的墓碑旁无声地出现了。

接下来，骷髅一个接一个地出现，总共有十二个。

十二个骷髅围着一个石头圆桌坐了下来，就紧挨着两个人的藏身之处。

蝙蝠从黑暗的夜空中飞落，为骷髅们做饭。蝙蝠们运来了各种动物的骨头。

骷髅们用手里的青龙刀作为叉子，扎进骨头，"吧唧吧唧"大声吃掉了。

看着看着，优花发现青龙刀的刀柄颜色各不相同。

这时候，拿着白色刀柄的骷髅突然把桌面搞得乱七八糟，说道："我死在一月。但是，我死了也要把东西搞得乱七八糟。"

拿着黄色刀柄的骷髅打着哈欠说："我死在二月。但是，我睡懒觉的毛病死了也改不了。"

拿着粉色刀柄的骷髅吐出两根舌头说："我死在三月。但是，我的谎言已在这世上越传越广。"

拿着草绿色刀柄的骷髅模仿天狗的高鼻子①说："我死在四月。我因此骄傲自大。哼，哼！"

拿着黑色刀柄的骷髅说："我死在五月。虽然我死了，但是我贪心的毛病并没死。"

拿着肉色刀柄的骷髅什么都不吃，说道："我死在六月。但是我挑食的毛病死了也不变。"

拿着绿色刀柄的骷髅撇撇嘴说："我死在七月。但是，我死了倒是越来越任性。"

拿着蓝色刀柄的骷髅哈哈笑着说："我死在八月。

---

① 日语里"高鼻子"也指人骄傲自大。

想想真好笑，可又让我好生气。"

　　拿着淡蓝色刀柄的骷髅仔仔细细地捏着小骨头说："我死在九月。但是没有办葬礼，那笔钱我存起来了。"

　　拿着红色刀柄的骷髅愤愤不平地说："我死在十月，该怪谁呢？"

　　拿着茶色刀柄的骷髅说："我死在十一月，可是我真的会死吗？我充满怀疑。"

　　最后，拿着灰色刀柄的骷髅搓着脸颊说："我死在十二月。遗憾的是，我忘记把香水放进棺材了。"

　　"对了，兄弟们，"一个骷髅说，"我们的好菜一点儿都没有长胖嘛。"

　　"还长胖呢，都瘦了！"

　　"越等越瘦。"

　　"那我们明天的辞旧迎新会就把他下锅吧。"

　　蝙蝠在天空中喧闹起哄。

　　王妃和优花一下子失去了活着的感觉。

　　好不容易等到天亮，骷髅们消失在之前他们出现的窨井盖下。

除夕到了，雾比昨天还要浓。

优花和王妃来到最大的墓碑旁，两个人打开了骷髅们刚刚消失的井盖。

那是一个很深的洞，但是有铁梯一直通到地下。

王妃在前，优花在后。下了十二级台阶后，侧面出现了一条混凝土的长走廊，是十二个房间。

每个房间里都有一个骷髅在睡觉，都用两只胳膊紧紧地抱着各自颜色的青龙刀。

"大王！"

"黄金殿下！"

"我在这儿，我在这儿。"大王的声音从走廊的尽头传来。

优花她们的眼睛慢慢适应了黑暗，看清了走廊的尽头有一个结实的铁牢，黄金大王正五花大绑地躺在里面。

"赶快去找打开牢房的钥匙。"大王说，"去骷髅的房间找。钥匙应该在骷髅那里。"

优花和王妃连忙冲进骷髅的房间，搜寻有可能藏钥匙的地方。

抽屉里面、花瓶底下、画框背后……无论怎么找都找不到。毕竟有十二个房间呢。

中午过去了，短暂的冬日眼看就要结束，优花和王妃觉得心都要碎了。

就算没有钥匙，也要绞尽脑汁。唉，不行，没有钥匙的话，根本毫无办法。钥匙，钥匙，必须找到钥匙。她们开始奔跑。

忽然，她们听见"嘎吱"一声，一个骷髅在梦里翻了个身。

睡得不深，证明他们醒来的时间已经逼近。

四周渐渐暗下来，十分可怕。

一只蝙蝠"啪嗒啪嗒"地拍着翅膀飞进来，张开恶魔一样的鲜红色嘴巴喊道："糟了，糟了！夜晚呀，快到来！夜晚呀，快到来！"

这时候，优花忽然想起来一件东西——骷髅们像宝贝似的搂在怀里的刀。

"玛丽姐姐！刀有问题！"优花喊道。

优花鼓起勇气，使劲儿推开一个骷髅紧紧弯曲的臂膀，夺过青龙刀。

"嗯……"骷髅呻吟着，摇晃着脑袋坐起来。

"找到了！"优花大叫。

刀柄是中空结构，可以拆开，钥匙就藏在里面。

"找到钥匙了，玛丽姐姐！"

"哎呀！"骷髅喊叫起来，"好菜要跑了！起来！起来！"

一眨眼工夫，十二个骷髅翻身爬起来。

他们刚跳起来，就翻了个筋斗，挥舞起青龙刀。

"看我不好好收拾你们！"

十二个骷髅下巴"咔咔"作响地逼近她们。

"优花，快打开！"白银王妃挺身挡在了骷髅面前，催促优花赶快去大王身边。

白银王妃伸手在头上拔下一根银色头发。

"刀剑哟，战斗！"她念诵着咒语，把头发用力扔向骷髅。银色的头发变成了寒光凛冽的日本刀在空中挥舞，"当"地挡住了骷髅们砍下的青龙刀。

"刀剑哟，战斗！"两根，三根……王妃拔下的头发，变成了十二把日本刀，在黑暗的地下走廊里与骷髅们激烈地缠斗。

趁此时机，优花用钥匙打开了牢门，去给大王松绑。可是，绳子绑得实在太紧，仅靠优花的力量难以解开。

优花的手指磨破了皮，渗出了鲜血。

这时候，几十只蝙蝠飞进来，开始攻击白银王妃。

得到了伙伴的协助，骷髅们越来越猖狂，王妃立刻陷入了不利的局面。

王妃的日本刀乱了阵脚，一把接一把地被击落在地。

"哈哈，嗬！"

"呀！打！"

蝙蝠们"嘻嘻嘻"地笑着，瞄准王妃的眼睛冲过来。

王妃节节败退，最终被逼到墙边，后背顶在坚硬的混凝土墙上。

她已经无路可退。

就在这个时候，优花的小手指终于解开了绑住大王手腕的绳子。

大王拔下一根金色的头发，喊道："光之龙！绑住他们！"

只见一根金发猛然间发出炫目的光芒，转眼间膨胀延伸，变成一条大蟒蛇，一圈圈地缠住了骷髅们，将他们捆绑起来。

"啊呀！啊呀！"骷髅们大声叫唤着，拼命挣扎着，最后手脚都散了架。

见此情形，蝙蝠军队惊慌失措地从窨井盖的洞口逃之夭夭。

骷髅们已经断了气，然而他们的叫喊声依然活蹦乱跳。

叫喊声逃进了湖底。湖面眼看着掀起了巨浪，和天空中的云朵纠缠在一起，变成龙卷风向小岛袭来。

白银王妃这时摘下左手无名指上的银戒指，扔进了波涛汹涌的湖中。

"咔嚓！"

清脆的声音响彻天地。

四周回归寂静。

云朵转眼间升腾起来，浓雾散去，露出了高远的天空。

一轮大月亮露出了面孔，皎洁的月光正照耀着白晃晃的湖面。

优花大吃一惊，向湖水扔去一块小石头。只见小石头"咚"的一声弹起来，湖水已经冻得结结实实的了。

遥远的东边出现了一个光点，马蹄声由远及近地传来。

"嗬嗬，嗬嗬。"两匹骏马拉着马车，如同耀眼的星星在结冰的湖面上疾驰而来。

一匹是金色大马。

一匹是银色大马。

"大王！王妃！"

那是变色龙首相的声音。

马车停在三个人面前。首先下车的是变色龙首相，紧跟着是十二位蜡笔大臣。

"恭喜您，大王。"

"王妃也平安无事，太好了！"

然后，蜡笔们挨个紧紧地握住了优花的手，道谢说："优花，非常感谢！这样蜡笔王国就能永世长存了。"

"来，优花，坐这里。"白银王妃让优花坐在大王和她的中间，"快把优花送回家！"

"那我们就出发了！"变色龙首相甩起了马鞭。

马车飞驰而去。

熟悉的街头巷尾在眼前一闪而过，优花还没看清楚，马车就停在了自家院子里。

白银王妃伸出手和优花道别。

"玛丽姐姐……"优花呼唤一声后，感到喉咙被什么东西堵住了，一句话也说不出来。

她以前不知道离别原来如此痛苦。玛丽姐姐十分任性，让优花很为难，可是她又如此可爱善良，令人愉快高兴。经过一年漫长的冒险旅行，优花已经非常喜欢玛丽姐姐了。而且，玛丽姐姐也变得越来越好，在冒着生命危险勇闯骷髅岛的时候，她真的成了一个无可挑剔的姐姐。然而她们这就要分别了。

优花下了车，眼泪汪汪地说："再见，玛丽姐姐。再见，十二色的蜡笔先生们。"

白银王妃一听这话，嫣然一笑，温柔地说："为什么要说再见呀？优花，我们接下来每天都能见面哦。"

"真的？"优花诧异地反问道。

"当然是真的。"黄金大王说。

"哎呀，太高兴了。那我们明天见！"优花重新说道，摆了摆手。

马车腾空而起，转眼间就变小了，很快消失在满天繁星之中。

14.
正月

"滴——滴——"发车的铃声响了。

"还要去哪儿呀?"优花嘟囔道,她被什么声音惊醒了。

是闹钟在响。

她为了看元旦的日出,把闹铃设在了六点。

优花霍然起身,看看枕边。她轻轻地打开崭新的蜡笔盒。十二支蜡笔好端端地躺在里面。簇新的,还散发着光泽。

哦,原来是做了一场梦呀。她终于明白了。不过,

242

这场梦也太长了吧。仅仅一个晚上，就梦见了一年的事。

但是想想看，这也并不奇怪。毕竟昨晚上床睡觉的时候还是去年，而醒来就已经是今年了。过了整整一年呢。

如果一个晚上做了一年的梦很奇怪的话，那么一个晚上就度过了一年，不也同样很奇怪吗?

她急急忙忙换好衣服。

天空还一片漆黑。但是，不到五分钟，天空就露出了鱼肚白。

街灯的颜色从金黄色变成了明黄色，黑色的山峦慢慢泛起了蓝色。

优花到达海边的时候，天空中的金色光芒已经如同孔雀开屏的尾羽，光芒万丈地照耀在水平线上。

光芒眨眼间延伸开来。

颜色也醒来了。

它们从藏身之处现身。接着就像树木的新芽，不断生长。

优花把十二支蜡笔整齐地摆放在写生簿上。

十二色的大臣在哪里呢？

海平线上出现了红色。

那是不倒翁老爹——那个不倒翁老爹让她吃了大苦头。

接着是黄色——睡懒觉的三色堇姑娘们。

肉色——人偶们的美味佳肴棒极了。

粉色——那些"假话"现在如何了？真樱花的花瓣到现在也没能取下来吧。

她仰望天空，空中有各种各样的颜色。

蓝色、淡蓝色、灰色、白色，还有黑色。

一切颜色似乎都在从床上爬起来，说着"优花，早上好"。

优花忽然想起玛丽姐姐分别时说的话——"为什么要说再见呀？优花，我们接下来每天都能见面哦。"

是啊，真的是这样，我们每天不都能见面吗？

优花今天早晨从梦中醒来时的寂寞已经烟消云散，她高兴起来。

她觉得整个世界都成了她熟悉的朋友。

新年，新的一年诞生了。是啊，大家都重生了。颜色也和人一样，每一天都是崭新的。玛丽姐姐也变成了出色的王妃。

蜡笔王国变得更幸福了，那么，这个世界的色彩就变得比以前的还美丽。而且，知道这件事的，全世界只有优花一个人。

优花忽然抬头看看大海上的天空。那里有一弯月亮，泛着淡淡的银色光芒，宛如女子的眉毛。

优花莞尔一笑，说："新年好，玛丽姐姐，今年也请你多多关照！"